W0279288

*Damit ich nicht vergesse, Ihnen zu erzählen ...*
*Fritz Muliar*

# *Damit ich nicht vergesse, Ihnen zu erzählen ...*

Fritz Muliar
erzählt jiddische Geschichterln
und Lozelachs

VERLAG DER APFEL

© 2004 Verlag Der Apfel, Wien
Umschlagfoto: Toppress Austria
Gesamtaussstattung: Walther Götlinger
ISBN 3-85450-162-5

Lieber, verehrter Leser,
damit ich nicht vergesse, Ihnen ein paar einführende Worte zu meinem Buch zu sagen!

Sie werden sich gewisse Fragen stellen bei dieser Lektüre für Feinschmecker – ich möchte sie im vorhinein beantworten! Sie werden überlegen; Wie kommt der Muliar zu diesen Geschichten? Hat er sie erfunden? Ist er selbst Jude?
Nein, ich bin nicht Jude, obwohl das viele glauben, denn ich habe eine furchtbar jüdische Nase. Aber meine Mutter war in zweiter Ehe mit einem Juden verheiratet, und dieser Stiefvater hat sich mir gegenüber so großartig und wunderbar benommen, daß ich schon als Kind – hätte man mich gefragt – gesagt hätte: wenn ich nicht ein echter Wiener wäre, möchte ich, bitte, ein echter Jude sein! Diese philosemitische Ansicht vertrat ich auch im Dritten Reich – zu meinem Nachteil, wie Sie sich denken können. Und dieser Stiefvater, ein Juwelier (no na!), hat unseren wienerischen Haushalt in einen jüdischen verwandelt und mir unendlich viele Lozelachs und Geschichterln erzählt, die der kleine Fritzl nicht vergessen hat.
Zur „Konservierung“ dieser Lozelachs bin ich eigentlich durch einen Zufall gekommen: Ich war nach dem Krieg Mitglied des Wiener „Simpl“-Kabaretts und konferierte anschließend an die dortigen Vorstellungen das Programm der Marietta-Bar. Der Besitzer der Bar war der damals schon sehr bekannte Gerhard Bronner.
Und weil mir nichts anderes einfiel, erzählte ich den Leuten jiddische Geschichten.
Eines Tages meinte der Bronner, eigentlich könnte ich das einmal auf Tonband sprechen. Ich tat's – und peu à peu wurde meine erste Langspielplatte mit jüdischen Witzen geboren.
Eine zweite folgte, denn die erste fand großen Anklang im In- und Ausland, und jetzt bin ich also darangegangen, meine jüdischen Geschichten, die es bis dahin nur in mündlicher Überlieferung gab, aufzuschreiben.

Eine Heidenarbeit, kann ich Ihnen sagen, weil es keine authentische Schreibweise dafür gibt. Und weil das typisch „Muliarsche“ ja nicht verlorengehen sollte.
Ich habe mein Bestes getan – allerdings, wenn Sie es genau wissen wollen, kaufen Sie sich eine meiner Platten!
Für einen Geschichtenerfinder erzählt es sich besser als es sich schreibt!!
Trotzdem viel Spaß mit meinem ersten Buch!
(Ich habe Lampenfieber und bin neugierig, ob es Ihnen gefällt!)

Ihr Fritz Muliar

*Damit ich nicht vergesse, Ihnen zu sagen, warum dieses Büchlein nach fast 30 Jahren wieder aufgelegt wird.*
*Erstens – weil sich nicht viel getan hat, um diese Art von ‚Witz‘ zu bewahren. Salzige Landmänner allein stemmen das nicht.*
*Zweitens – ich werde immer gefragt, wo kann man das, was Sie erzählen, nachlesen*
*und drittens – vielleicht bringt es Bares!?*
*Das Wichtigste aber:*
*Sie sollen Spaß, Freude und Besinnung erfahren,*
*wenn ich Ihnen zurufe:*
*Damit ich nicht vergesse, Ihnen zu erzählen.*

*Österreich, im August 2004*

*Damit ich nicht vergesse, Ihnen zu erzählen ...*
Der Holzhändler Siegfried Grünwald erscheint tief bestirzt bei seinem Rebben und er teilt ihm mit, daß er soeben seine Gattin mit dem Prokuristen – wie sagt man doch – im flagranti auf dem Diwan erwischt hat.
„Rebbeleben", sogt er, „Rebbe, um Gottes Willen, wos soll iach tün?"
Sogt der Rebbe; „Warf das Weib heraus!"
Rebbe, Rebbe, so kriegn wa das Geld nich, ich müßt zurickgeben die ganze Mitgift, dann ist die Firma pleite!"
„Nu", sogt der Rebbe, „wern ma klären! Warf heraus dem Prokuristen!"
„Rebbe, so geht's scho gor nicht, weil er geht ma sonst zur Konkurrenz und ruiniert ma dem ganzen Geschäft."
Sogt der Rebbe: „Mei lieber Freind, es tut mer sehr leid, iach kann dir nicht helfen."
Acht Tage später erscheint der selbige Grünwald wieder und berichtet den Rebben voller Freid:
„Rebbe, du wirst lachen, iach hab gefunden a Ausweg, iach hab herausgeworfen dem Diwan!"

*Damit ich nicht vergesse, Ihnen zu erzählen ...*

Jossele Stiglitz sogt zu seinem Rebben: „Rebbe, is es a groiße Sünde, wenn man sich vorm Essen die Händ nicht wascht?"

Sogt der Rebbe: „Natierlich, a sehr groiße Sind is es nicht, aber warum hast du dir vor dem Essen nich die Hände gewaschen?"

„Weil mir hat keiner nicht ein Wasser gegeben!"

„Was heißt, man hat dir kein Wasser nich zum Händewaschen gegeben? In an giten jüdischen Haus gibt man an jeden vorm Essen ein Wasser zum Händewaschen!"

„Verzeiht, Rebbe, aber ich darf machen a Geständnis? – Es war nich ein jüdisches Haus, wo ich hab gegessen."

„Was haaßt ka jüdisches Haus? Du hast dich nicht gegessen etwa in a Haus von an Goi?"

„Rebbe, daß ich Ihnen die Wahrheit sog, ich hab ja gegessen in an Haus von an Goi!"

„Wie", sogt der Rebbe, „da hast du am Ende trefe *(Gegenteil von koscher: unrein)* gegessen?"

„Rebbe, daß ich die Wahrheit sog, ich hab ja trefe gegessen, weil ich hab missen, weil ich nirgends anders zu essen gekriegt hab."

„Nu, das is nicht meglich", sogt der Rebbe, „das ist nicht meglich! In an jeden jüdischen Haus hätt ma dir zu essen gegeben."

„Rebbe", sogt er, „Rebbe, es is nicht richtig, was du sagst – es war doch Jom Kippur!" *(Versöhnungstag, strenger Fasttag)*

*Damit ich nicht vergesse, Ihnen zu erzählen ...*
A Poilischer is gegangen mit sein Jingl spazieren in a kleinen Städtl und er sogt: „Mei liebes Kind, mir hat der Rebbe gesogt, du megst nix lernen. As de wirst nich lernen, di wirst nix werdn. As de aber wirst etwas lernen, wirst du sein ein anerkannter Mensch. Kannste wern in an klein Oertel a Rabbiner, in a greßerem Oertel kannste sein a groiße Kapazität – aber wenn de so weitermachn wirst, wirst de wern a Kutscher, a Hausknecht, a Soldat!“
In dem Moment kommt ein General des Weges daher. Der Jude sieht den General, zeigt auf denselben und sagt zu seinem Kind:
„Siehste, mei Kind – asoi wirst de ausschaun!“

*Damit ich nicht vergesse, Ihnen zu erzählen ...*
Zwei Herren sitzen in der Eisenbahn. Sogt der eine zum anderen:
„He, Vetter, von wo seid Ihr?“
Sogt er: „Ich bin von Jehupetz.“
„Jehupetz! A scheene Kille, a sehr scheene Kille, a wunderbare Kille! Nu, wieviel Seelen leben dort?“
„Nu, wir sind etwas dreihundertsiebenundzwanzig Jidden – und Gojim, na wart, laß mich klärn! Gojim sein dorten: ein Schendarm, noch a Schendarm und dem einen seine Frau und noch a Schickernik, was sich dort herumdreht. Und nu eine Frage, von wo seid Ihr?“
„Ich, ich bin von Newyork.“
„A scheene Kille, a großartige Kille! Verzeihn Se, wieviel Jidden sennen dort?“
„Dort is ieber eine Million Jidden.“
„Ieber eine Million! Und wieviel Gojim?“
Sogt der Newyorker; „Wos waaß ich, so sieben oder acht Millionen,“
Sogt der andere: „Wöfür“

*Damit ich nicht vergesse, Ihnen zu erzählen ...*

In einer sogenannten gemischten Kille, das heißt im alten Poilen, das heißt – nicht im alten Poilen, sondern in dem Stückele von Poilen, was geheert hat seinerzeit zu Österreich, war etwas eine gemischte Bevölkerung. Dort war ein Bauer, ein goischer Bauer, der stand, trotz dem Glaubensunterschied, mit dem Rebben dort auf sehr gutem Fuß. Vor dem Haus des Bauern is gewachsen ein sehr stattlicher Nußbaum, der dem Mann, diesem Bauer, sehr teier war. Und da er gefirchtet hat, der Baum kennte nach seinem Tode gefällt und zu Brennholz verkleinert wern, fragt er den Rebben um Rat, wie wohl jenner Baum für ewige Zeiten zu erhalten wär. Da hat der Rebbe geraten dem Bauern, aus dem Nußbaum a Bildnis seines Schutzheiligen anfertigen zu lassen, und die Statue auf jenner Stelle, wo der Baum gewachsen war, aufstellen zu lassen. Der Bauer, brav wie er is, befolgt getreilich den Rat des Rebben. Es hat nich lang gedauert, asoi stand der Heilige vor dem Haus, und wer da vorbeigegangen is, hat glaibig dem Hut gezogen. Eines scheenen Tages aber bemerkt der Bauer, daß der Rebbe, sooft er den Baum auch passiert, den Hut ruhig sitzen läßt. Darauf war er sehr beese und gekränkt und stellt ihm zur Rede.

„Lieber Freind“, sogt der Bauer, „warum ziehst du nich den Hut?“

Worauf der Rebbe sogt: „Lieber Freind, reg dich nich auf, warum soll gerade ich den Hut ziehn, wo ich hab ihm gekannt, wie er hat noch Nußbaum geheissen!“

*Damit ich nicht vergesse, Ihnen zu erzählen ...*
Vor dem Denkmal des Preißenkenigs Friedrich dem Großen in Berlin stehen zwei preißische Offiziere, fesch angetan mit einer Uniform und en Monokel im Oig. Da geht vorbei a Jid mit a Stramel, an Boart und a Kaftan und a Steckele. Ein Offizier schaut ihm an, ruft ihm nach; „Jude, hepp – hepp – hepp!"
Da dreht sich der Jud ieber, schaut an die zwei Offizieren, erst dem einen, dann dem anderen, dann zeigt er auf das Standbild vom groißen Kenig von Preißen und sogt: „Meine Herren, mich brauchen Se nix nachmachen, dem missen Se nachmachn!"

*Damit ich nicht vergesse, Ihnen zu erzählen ...*

In der Ordination von dem beriehmten Professer Stiglitz, ainem groißen Chirurgen, kimmt a kleiner Jid und sogt: „Professer, es drickt sich mir!"

Der Professer sogt: „Wo drickt es sich Ihnen?"

„Verzeihn Se", sogt er, „es drickt sich mir im Magen."

„Es drickt sich im Magen? Oh –, legen Se sich aweg dorten auf dem Kanapee, ich wird Se untersuchen."

Nach der Untersuchung sogt der beriehmte Professer Stiglitz:

„Mei lieber Freind, Sie haben etwas ein Geschwier, Sie darfn sich ausoperieren."

Sogt er: „Ich darf mich ausoperieren? Groißer Gott, was wern Se nehmen für Ausoperieren?"

Professer, nicht gewohnt in Geldgeschäften, sogt:

„Schwester Veronika, sogn Sie dem Herrn! Sogn Sie dem Herrn, was es wird kosten, wenn ich ihm ausoperier ein Magengeschwier."

Schwester Veronika sogt: „Es gibt zwei Meglichkeiten – wir operieren Sie mit dem neien Besteck, dann wird es kosten 5000,– Schilling, oder wir nehmen das alte, rostige Besteck, dann kostet es nur 2500,– Schilling."

„Oi weh", sogt der Patient, „2500,– Schilling is auch sehr, sehr viel! – Herr Professer, ich überleg mers, ich wer mich nix ausoperieren!"

„Gut", sogt der Professer Stiglitz, der beriehmte Professer Stiglitz, „Sie brauchen sich nix ausoperieren. Wird wieder fahren a schwarzes Wagerl!"

*Damit ich nicht vergesse, Ihnen zu erzählen ...*
Ost-Berlin 1963:
In eine staatliche Handlung kimmt a kleines Männchen und sogt:
„Verzeihn Se bitte, ich mecht a Päckchen Tee."
„Russischen oder chinesischen Tee?"
„Provoziern Se mich nix, gebn Se mer an Kaukau!"

*Damit ich nicht vergesse, Ihnen zu erzählen ...*
Drei Vertreter teffen sich bei einer Tagung für Vertreter für feierfeste Kassen.
Sogt der eine: „Meine Herren, wir haben einfach a großartige Kassa erfunden. Wir haben gemacht a Test und hereingelegt in die Kassa Geldscheine gebindelt. Ma hat die Kassa erhitzt auf gliehend, auf weißgliehend. Dann hat ma se abgekiehlt und aufgemacht die Kassa, ma hat herausgenommen die Geldscheine. Das Geld, es war nich verbogen, es war nix geworfen, es war wie es sein sollte, glatt und wunderscheen!"
„Ach", sogt der zweite, „das is gurnischt, meine Herren! Wir haben a Kassa, wir haben gemacht a Test mit Schokolade. Wir haben aufgemacht die Kassa, wir haben hineingelegt die Schokolade, etwas hundert Tafeln Schokolade, und dann haben wir se erhitzt weißgliehend, dann haben wir se abgekiehlt, haben aufgemacht die Kassa, haben herausgenommen die Schokolade. Die Schokolade is nich emal weich gewesen!"
Der Dritte: „Meine Herren, das is gurnischt! Wir haben a Kassa! In die Kassa haben wir für dem Test hereingegeben a lebendigen Hahn. Dann haben wir se erhitzt, die Kassa, auf gliehend, dann auf weißgliehend, dann haben wir se abgekiehlt, dann haben wir se aufgemacht, die Kassa – der Hahn war tot."
„Oih! – na also!" schreien die anderen.
„Moment! – Erfroren!"

*Damit ich nicht vergesse, Ihnen zu erzählen ...*
Am Pribitschik brennt a Feier, und die Bocherim sitzen so herum. Und sie reden und sie erzählen von Tachles, aber auch von Wundern. Da sogt der eine Bocher: „Meine Freinde, heert mich aus. Ich muß euch eine Geschichte erzählen von meinem Rebben, der a ganz groißer Wunderrebbe ist. Mei Rebbe is schon dreiundneinzich Jahre – bis hundertundzwangzich – und jedem Abend, er legt sich herein im Bett, nachdem er das Abendgebet gesprochen hat, und er liegt im Bett, dem Bart ieber der Decke, die Hände gefaltet, ein Bild der Fremmigkeit. Und neben ihm, es liegt die Rebbetzin, und kaum er liegt etwas zehn Minuten im Bett, es senken sich herunter vom Himmel zwelf Engeln, und sie nehmen den Rebben und sie tragen ihm herieber zur Rebbetzin, und dort ... er macht seine Sachen, und dann senken sich herunter vom Himmel zwei Seraphen, und sie tragen ihm zurück.“ „Großartig!“ sogt der eine von die Bocher, „großartig, nur eine Frage, Chawer, beantwort mer eine Frage. Wozu braucht er zum Herunterheben von der Rebbetzin zwei Engeln und zum Heraufheben zwelf?“ Da lacht der erschte Bocher und sogt: „No – will er denn!“

*Damit ich nicht vergesse, Ihnen zu erzählen ...*
Schloime Fischer, a armer Jid, er kommt ganz verstört zum Rebben und sogt:
„Rebbe, ich bitt dich eins, klär mich auf! Sog mir was los is! Mei bester Freind, Herschele Austerlitz, ich bin mit ihm vierzig Jahre befreindet, wir warn miteinander in Schul, wir haben miteinander die selben Maidelach geliebt, wir haben gewandert, wir haben getrunken, gegessen, alles zusammen. Und auf einmal, er hat geerbt Geld, und jetzt is er nicht mehr so nett zu mir. Er geht an mir vorieber, er sieht mich nich, er kennt mich nich, er grießt mich nich! Wieso is das meglich?"
Da kratzt sach der Rebbe den Bart und sogt: „Komm her, Schloime! Kiek amal heraus beim Fenster und sog mir, was sehst de?"
Schloime Fischer geht zum Fenster, schaut heraus bei die Scheibn und sogt: „Ich seh a Baum und noch a Baum, ich seh Kindln, was sich spieln, ich seh Jidden, was ihre Geschäfte verrichten, ich seh a Loschek, was zieht einen Wagen – das is es, was ich seh."
„No", sogt der Rebbe, „und jetzt komm her zu diesem Spiegel und kiek herein. Wos sehst de im Spiegel?"
„Ich seh mich selber!"
Sogt er: „Sehst de, mei Lieber", sogt der Rebbe, „so is es. Solang der Mensch kein Geld hat, is er wie eine Fensterscheibe. Und ma braucht nur a bisserle Silber darunterlegen und dann sieht ma sich nur mehr selber!"

*Damit ich nicht vergesse, Ihnen zu erzählen ...*

Sie erinnern sich vielleicht noch an die Zeit vor 1938, genauer gesagt vor dem März 1938 in Wien – oich, war das a scheene Stadt! Zwei Millionen Einwohner – zehn Prozent – Sie wissen schon! Ma hat gehabt für diese zehn Prozent – es sind noch ander Prozenten hinzugekommen – ma hat gehabt dafür ein sehr gutes Restaurant, genannt Neugröschl, und ein anderes, ebenso koscheres Restaurant, genannt Tonello.

Dort, bei dem Tonello, kommt herein um dreiviertel vor zwelf ein Mensch. Elegant, groiße Erscheinung, schmeißt dem Hut auf dem Haken und schreit:

„Kellner, eine Bonnensuppe!"

Sogt der Kellner: „Verzeihn Se, es is dreiviertel zwelf, die Bonnensuppe is nich fertig."

„Wos", sogt er, „nicht fertig!? Beim Neugröschl prallen se schon!"

Bei selbigen vorhin erwähnten Neugröschl kommt herein ein Mändele, setzt sich weg, kommt der Kellner, frogt:

„Wos wienscht Ihr?"

Sogt er: „Ich weiß doch allein nich, ich fiehl mich nich so gut, es drickt mach im Magen, geben Sie mir eppes Leichtes."

„No", sogt der Kellner, „nehmen Se a Juch mit Lokschn."

Sogt er: „Wos! Ich soll nehmen a Nudelsuppn?
Is zu schwer."

„No, nehmen Se etwas, nehmen Se Nudeln ohne Suppen."

„Nudeln ohne Suppe is mer zu schwer."

„No, nehmen Se Suppe ohne Nudeln."

„Suppe ohne Nudeln is mer zu schwer."

„No, wissen Se was, nehmen Se a Zwieback mit Butter."

„Zwieback mit Butter is mer zu schwer."

„No, nehmen Se Zwieback ohne Butter."

„Das is mer zu schwer!"

„No, nehmen Se a Tee mit Zitrone"

„Tee mit Zitrone is mer zu schwer!"

„Nehmen Se a Tee ohne Zitrone!"

„Tee is mer zu schwer, Zitrone is mer zu schwer!"
Da dreht sich der Kellner um und schreit zum Piccolo: „Moischele, kimm her & chap ihm a Flieg!" *(fang ihm eine Fliege)*

*Damit ich nicht vergesse, Ihnen zu erzählen ...*
Drei Bocher sitzen zusammen, und sie beriehmen sich. – Nein! Sie beriehmen sich nich selber, sondern se beriehmen ihre Rebben. Sogt der eine zu die andern: „Heert mich aus, heert mich, was mei Rebbe is für a groißer Rebbe! Ma darf schon fast sagen, er is a Wunderrebbe!"
Sogt ein anderer: „Wieso, wieso, erzähl!"
Und asoi beginnt er die Geschichte zu erzählen:
„Es is amal bei uns in der Kille gewesen eine Feiersbrunst, und das Haus hat gebrannt, und die Feierwehr hat gespritzt, und unten bei dem Haus eine Mame is gelaufen auf und ab und hat geschrien: ‚Oi weh, oi weh, mei Gitl is oben im dritten Stock, und die Stiege is eingestierzt, und kein Mensch kann mehr herauf und kein Mensch kann mehr retten, weil die Flammen so stark sind, mei Gitl!' Und da richtet nun mei Rebbe den Blick zum Himmel, und er sogt mit einer großen Geste: ‚Feier hin, Feier her!' Und die Flammen haben sich geteilt, und der Rebbe is hereingegangen in dem Haus und er hat gerettet das Kind."

„Sehr scheen", sogt der zweiter Bocher, „mei Rebbe is noch a greßerer Wunderrebbe. Es is gewesen amal a Wassersbrunst, der Prud is iebergegangen, und auf einmal is in den großen Fluten heruntergeschwommen in einem Körbchen, wie seinerzeit Moses, a klaines Kind. Und kein Mensch hat schwimmen kennen, kein Mensch hat hingehn kennen, das Kind retten. Und da hat mei Rebbe den Blick zum Himmel gerichtet und hat gesogt: ‚Wasser hin, Wasser her!', und die Fluten haben sich geteilt, und er hat gerettet das kleine Kind."
„Sehr gut", sogt der dritte Bocher, „aber jetzt meine

Geschichte – und ihr sollt sehen, mei Rebbe, er is der greßte Rebbe!
Mei Rebbe, er hat bekommen eine Vorladung zum Kreisgericht nach Krukew für die dreizehnten Oktober, das is gewesen ein Samstag, und ihr wißt, ein Jid, er darf am Samstag nich fahren. Aber Freitag mittag hat er noch nich wegfahren kennen. Asoi is er schon um achte in der Frieh gegangen auf dem Bahnhof. Der Zug is eingefahren, die Lokomotive hat gedampft, geraucht und geschnaubt, und der Rebbe hat gedacht: Oi weh, a Jid darf nich fahren am Samstag, und dann hat er den Blick zum Himmel gerichtet, hat angeschaut die Lokomotive und hat gesogt: ‚Schabbes hin, Schabbes her!', is eingestiegen und is weggefahren."

*Damit ich nicht vergesse, Ihnen zu erzählen ...*
Ich hab gestern einen sehr miesen Abend gehabt. Ich geh rieber in die Wandelgasse von Wien, Se wissen, die Kärntnerstraße, wo die Maidlach wandeln, und plötzlich seh ich da a Schild, darauf steht ‚Maniküre'. Da bin ich hineingegangen und sog ich: „Freilein, verzeihn, ich bedarf mir aufzuwerfen die Frage, was is Maniküre?" Sogt sie: „Geben Sie mir Ihre Hand!" Nu, ich geb ihr meine Hand, und sie schneidet mir weg die Nägelach. Das is Maniküre! „Und jetzt sagen se mer", sog ich ihr, „was is Freilein, ich bitte scheen, was is Pediküre?" Sogt se: „Das is dasselbe auf die Fieß." Ich hab mer die Schuh nich ausgezogen, ich hab bezahlt und bin weggegangen. Und bin heriebergegangen auf dem Ring. Da steht a groißes, scheenes Gebeide, und auf dem Gebeide is a Schild und da steht ‚Walküre'. Ich bin nich hineingegangen, weiß ich, was wird man mir dort wegschneiden! –
Ich hab mer hereingesetzt in der Strabahn und bin gefahren zu der volkstiemlichen Oper. Geh ich hinein und sog der Kassafrau: „Freilein, verzeihn Se, was spieln Se heite?" Sogt sie: „Tannhäuser oder der Sängerkrieg auf der Wartburg." Sog ich: „Heern Se, Freilein, wenn Se finf Minuten vor Beginn noch nich wissen, was Se spieln, is es unseriös!"

Nu, ich hab mich wieder hereingesetzt in der Strabahn und bin zum Burgtheater gefahren. Dort sog ich wieder zu der Dame hinter der Kassa, sog ich; „Freilein, was spieln Se hier?" Sogt sie: „Was ihr wollt." Sog ich: „Wenn es meglich is, Freilein, spieln Se die Klabriaspartie!" Aber leider, das war nich auf dem Repertoire.
Nu hab ich mich reingesetzt in der Strabahn, dort hab ich einen Chawer getroffen, und wir sind zusammen in die Staatsoper gefahren, und dort war angekindigt auf dem Schild, wo frieher gestanden is ‚Walküre' – Wegen Erkrankung derselben Walküre eine andere Pieze, eine sogenannte Programmumstellung. Man spielt Lohengrün. Nu, wir haben uns hereingesetzt, der Saal war schon ver-

dunkelt, die Kapelle hat schon gespielt. Sehr laut, sehr gereischvoll, eine Musik von einem gewissen Wagner. Ich wollt a bißl deigetzen mit mein Freind, es war nich meglich! Der Barabantschnik hat hereingehackt in die Trommel, ma hat sein eigenes Wort nich verstanden. Ausgesprochen unangenehm. Plötzlich, es rollt sich empor der Vorhang, und auf der Bühne sitzt a Melach mit seinem Balmachomen *(König mit seinem Soldaten)*. Se deigetzen ahin, se deigetzen aher – warum, ma weiß nich! Und plötzlich stellt sich heraus,, sie kämpfen für eine gewisse Elsa – warum weiß ma nich!
Und jetzt kommt heraus von links eine Stoppgans mit einem Schinakelboot, und drinnene steht ein Mensch mit einem Feierwehrhelm, vollkommen in Stanniolpapier eingewickelt. Und jenner steigt heraus und stellt sich in Position und erklärt sich bereit, zu kämpfen für jenne gewisse Elsa, unter der Bedingung, man soll nich fragen, wessen Geschlechtes er is, weil es schickt ihm ein gewisser Kral – er kommt von der Burg Salvasan.

Scheen, der Vorhang geht herunter, man geht ins Büffee, ma trinkt a Brompfen, und dann setzt ma sich wieder herein. Die Musik – wieder laut, wieder gereischvoll, wieder von diesem Wagner.
Und der Vorhang rollt sich abermals empor, und jetzt, es steht auf der Biehne interessanterweise eine Stiege, und vor der Stiege es steht ein gewisser Telramund mit einer Ortrude, und sie singen zusammen a sehr schweres Kuplee, ma darf schon fast sagen ein Dütt – und se singen es, um vorzuteischen die Brautnacht zwischen jenner Elsa und dem mit dem Feierwehrhelm, welche ebenerwähnten soeben auf der Stiege erscheinen.
Und jetzt is interessant! So bleed soll a Mensch sein, so ohne Serchel soll ma sein – jetzt nach der Chassene *(Hochzeit)* fragt sie ihn, wessen Geschlechts er sei! – Ich sog Ihnen, er war so beroiges! Er hat sach hereingesetzt in die Stoppgans und is weggefahren! Und das ganze heißt Lohengrün – warum, ich weiß nich!

*Damit ich nicht vergesse, Ihnen zu erzählen ...*

Herr Goldfarb is reich geworden, aber er is fromm geblieben, und an dem Tag, als er sich einen Ferari gekauft hat, is er zum Rebben gegangen und hat gesagt:

„Rebbe, ich möchte gern für meinen Ferari eine Segnung haben! Rebbe, ich bitt Eich eines, gebt mir a Broche für meinem Ferari."

Da sogt der Rabbi: „Heer zu, was is a Ferari?"

Sogt Goldfarb: „Ferari is a Auto, a besonders schnelles Auto, es konveniert mir, besonders schnell durch die Stadt zu brausen."

Sogt der Rebbe: „Na – na, das is nix für mich, auf Ferari geb ich nich a Broche."

Also geht er zum nächsten Rebbe und sogt: „Rebbe, ich hab a Ferari und mecht haben a Broche auf meinem Ferari."

Sogt der Rebbe: „Moment, was is a Ferari?"

„A Ferari is a besonders schnelles Auto, und es konveniert mir, schnell durch die Stadt zu fahren, und ich möchte habn a Broche auf mein Ferari."

„Aber geh", sogt der Rebbe, „das is nix für mich – nein, nein, für so a solche Narrischkaten geb ich mich nich her, ich geb ka Broche für a Ferari."

Er geht ganz betriebt nach Hause und sogt zu seiner Frau: „Sali", sogt er, „ich hob doch a Ferari und mecht haben a Broche, aber der Rebbe, er gibt ma ka Broche auf dem Ferari."

Sogt die Frau: „Warum gibt er nich?"

„Weil er is orthodox, er is konservativ."

„Geh hin zu einem reformierten Rebben!"

Gesogt, getan – Goldfarb geht zu einem reformierten Rebben, stellt sich dort auf und sogt:

„Rebbe, ich bitte etwas, ich hab einen Ferari und für dem Ferari mecht ich haben a Broche,"

Schaut ihm der Rebbe an und sogt ihm: „Verzeihn Se bitte eine Frage – was is a Broche?"

*Damit ich nicht vergesse, Ihnen zu erzählen ...*

Der Rebbe von Ržežow hat auf einer Reise iebernachten missen in a Städtel, dessen Einwohner beriehmt waren als Ferdedieben und asoi, er hat vorm Schlafengehen gesogt zu seinem Schammes:

„Moische“, sogt er, „ich wer schlofen im Wagen, und den Wagen wir lassen stehn im Hof von diesem Gasthaus. Ich werd mir hinten hineinlegen, wer mir ieberziehn die Decke, und du wirst sitzen am Kutschbock und wirst aufpassen, daß uns die Ferdn nich gestohlen wern. Und ich bitt mir aus, schlof mir nich ein.“

Gesogt, getan. Der Rebbe rollt sich ein in die Decke, und er beginnt zu napetzen. Um elf Uhr wacht er auf, und er rieft mit verschlofener Stimme: „Moische!“

Moische dreht sach ieber; „Was willst de, Rebbe?“

Und der Rebbe sogt: „Moische, was tiest de?“

Moische antwortet: „Iach klär.“

„Was klärst de, Moischele, was klärst de?“

Moische sogt: „Ich klär, wenn ma a Nagl in Holz schlägt, wohin kommt das Holz, was gewesen is dort, wo jetzt der Nagl ist?“

Befriedigt sogt der Rebbe: „Oh, de klärst asoi kliege Sachen, de wirst git aufpassen und niemand wird uns stehlen die Ferden!“

Und er dreht sacha wag, und er schloft weiter.

Um zwei Uhr frieh, der Rebbe erwacht, weil es ihm hat a bißl gefrestelt, und er sogt:

„Moische!“

Moische antwortet prompt: „Was is?“

Rebbe zu Moische: „Was tiest de?“

„Iach klär!“

„Was klärst de?“

„Ich klär, wenn ma a Kerze anzindet und se brennt herunter, wohin kommt des Wachs, was frieher gewesen an dieser Kerze?“

Zufrieden sogt der Rebbe: „Also de klärst asoi gite Sachen, de wirst git aufpassen auf die Ferden und de wirst nich einschlofen.“

Wie er wieder a Stunde später erwacht, ruft er an den Moische: „Moische, mei Freind, was tiest de?“
Und wieder antwortet Moische: „Iach klär.“
Sogt der Rebbe: „Was klärst de, mei Moischele?“
Sogt er: „Iach klär, eppes die ganze Nacht bin ich munter gewesen, gesehn hat ma nix, geheert hat ma nix, und jetzt klär ich, wohin sind gekommen unsere Ferden!“

*Damit ich nicht vergesse, Ihnen zu erzählen ...*
Gerson Pomeranz is Taglehner, Familienvater und Schikkernik. Immer, wenn er seinem Lohn bekommt, er chapt die ganze Penunze, und er geht herein in ein kleines Gasthaus, und dort er schickert bis am nächsten Tag in der Frieh. Dann wankt er nach Hause, und er hat nich keinen Groschen Geld mehr in der Tasche. Seine Frau stellt ihm zur Rede und sogt: „Gerschele, heer mach aus, es geht nich an, daß du schickerst, daß du dir anschikkerst immer wieder und immer wieder. Die Kinder, se hungern, sie haben nich Brot auf Hosen. Ab heite muß das vorbei sein!“
Sogt er: „Mei Kind, ich versprech dir das, wenn ich wieder bekomm mei Geld, ich wird nach Hause kommen, damit die Kinder haben zu essen.“
Wie die Auszahlung vorüber is, er geht durch die Straßen, und er kommt zufälligerweise vorbei bei dem kleinen Gasthaus. Er schaut herein, er schaut heraus. Er gibt a Kieck, er gibt ober a Kieck, dann er geht herein. Und er bestellt sich dort ein Brompfen, und ober ein Brompfen und noch ein Brompfen und noch ein Brompfen. Und nach zwei Stunden, er is asoi toit schicker wie immer. Nach zwei Stunden, es effnet sich die Tür von dem Gasthaus, und sei Weib kimmt herein. Si kimmt, se geht zu seinem Tisch, stellt sich weg und sogt: „Gerschen, du hast ma versprochen, du wirst nich mehr schickern!“
Sogt er mit lallender Stimme: „Mei Wab, ich bitte dich eines, tu mir, deinem Mann, einen Gefallen, nimm a Schlickerle von jenem Brompfen.“

Sogt sie: „Nein, ich meg nich!“
Sogt er: „Mei Wab, ich bitte dich, nehm a Schlickerle von jennem Brompfen!“
Und asoi, se laßt sich ieberreden und nehmt a kleines Schlickerle und macht: „Pfui Teifel – Pfui Teifel!“
Und da schaut er ihr ins Gesicht und sogt lachend: „Siehst de, mei Kind, es schmeckt dir nich, du spuckst es aus! Und du glaubst, ich tu Honig lecken!“

*Damit ich nicht vergesse, Ihnen zu erzählen ...*
Ein sehr klieger Rebbe, er hat gehabt einen Bocher. Der Bocher war ein anständiger Mensch, nur er hat sehr gerne gegessen. Was heißt gegessen – er hat gefressen! Was am Tisch heraufgekommen is, der Bocher hat es weggefressen, daß Tisch und Teller waren ratzekahl.
Eines Tages, es kimmt herein die Rebbetzin, und sogt zu ihrem Mann:
„Rebbe", sogt sie, „ich hab gekauft am Markt eine Katschke!" Sogt er: „Oi, du hast gekauft ein Ente – wunderbar, wann wirst du se machen?"
„Ich wer machen die Katschke zu Erew Schabbes. Nur eines, as ich wer bringen die Katschke auf dem Tisch, der Bocher, wird acheln, die ganze Katschke acheln – was soll ma machen?" Da sogt der Rebbe – weil er doch war ein weiser Rebbe, sogt er:
„Heer mich aus, du wirst machen a ganzen Topf voll Nüdelach, einen groißen Topf voll Nüdelach und wirst hereinbringen die Nüdelach, und ich wer nehmen a bissele, du wirst dir nehmen a bissele, und der Bocher wird fressen die ganzen Nüdelach. Und als er gegessen hat die Nüdelach, wirst du hereinbringen die Katschke. Der Bocher wird schon satt sein, und wir wern kennen essen die Katschke allein." –

Wie besprochen – so getan. Und auf Schabbes, die Rebbetzin bringt herein einen Topf mit Nüdelach. Der Bocher bindt sich ieber die Serbiette, chapt sich dem Topf und fresst auf die ganzen Nüdelach. Wie er fertig is, er legt sich zurieck, und er sagt mit satter Stimme: „Oi", sogt er, „oi, hab ich gegessen, ich kann nischt mehr essen, nich mehr einen Bissen!"

Da steht die Rebbetzin auf und geht heraus in die Kiche und bringt herein die Katschke. Dampfend, braun und bruzzelig! Sie stellt weg die Katschke und sogt, nur so pro forma, der Form halber:
„Bocher, nehm dir a bissele von jenner Katschke!"

Der Bocher steht auf, nimmt das Transchiermesser und schneidet ab die halbe Katschke und freßt sie auf, auf einen Sitz. Als man mit der Mahlzeit fertig war, der Rebbe streicht sich den Boart ab, blickt herieber auf dem Bocher und sogt:
„Bocher, die Nüdelach, sie seien dir gegennt, die Katschke, sie sei dir gegennt, nur mecht ich was fragen. Her mich aus, nach die Nüdelach du hast gesogt, daß du hast soi viel gegessen, du kanst nix mehr herabbringen in deinem Magen. Wieso ist es dir gelungen, noch die halbe Katschke zu acheln?“
Da sogt der Bocher: „Rebbe, ich darf dir geben ein Gleichnis, so wie du mir gelehrt hast. Stell dir vor, es is Schabbes, die gnze Kille ist im Tempel. Ma steht gepreßt, einer neben dem andern, ma is so eng gedrengt, daß nich herunterfallen kann eine Stecknadel. Und auf einmal, es kimmt herein der Rebbe – und nun effnet sich a Gaß!“

*Damit ich nicht vergesse, Ihnen zu erzählen ...*
Es war in einem kleinen Städtl in Poilen an einem vierzehnten Tischri. Ein Nachtwächter, er is gegangen auf den schmutzigen Straßen in seine schmutzigen Schuh, angetan mit einem langen Mantel und einem scheenen Hietele. Der Nachtwächter, vor ihm eine Hellebarde und ein Horn – und wie schon viele Nachtwächter vor ihm, er hat sich, wie er angekommen is an einer bestimmten Ecke, wie jeden Abend hingesetzt, um a bissele auszuruhn. Er hat weggelegt die Hellebarde, er hat weggelegt das Horn und hat sich herangedrickt wohlig und geruhsam in die Mauerecke. Und dann, er hat, wie schon viele Nachtwächter vor ihm, er hat es sich zur Gewohnheit gemacht, von Zeit zu Zeit zu effnen das Oig, und zwar das rechte. Und als er an diesem Abend, dem vierzehnten Tischri, effnet sein rechtes Oig, er seht einen Schimmer. Und er schließt wieder das Oig, und er beginnt zu klären und sogt: „Was seh ich da? Einen Schimmer, ein Lichtelchen – es wird sein die Straßenbeleichtung! – Nein, um diese Zeit, es brennt nicht mehr bei uns im Städtl keine Straßenbeleichtung! Es wird sein der Mond!"
Und er klärt weiter, und er sogt:
„Wieso der Mond? Heite, wir schreiben dem vierzehnten Tischri, da is Neimond. Es kann nich sein der Mond!"
Und er streckte weg die linke Hand, und er zieht se zurieck. Und er merkt, daß seine Hand eppes a bissele naß is – und er sogt sich:
„Meine Hand is naß? Asoi sollte es a bissele regnen, zumindest a bissele nieselen. Und wenn es nieselet, is der Himmel überzogen und man kann nich sehn keinen Stern! Also es is auch kein Stern."
Und er klärt weiter, und er sogt bei sich selber:
„Es is nich keine Straßenbeleichtung, es nich kein Mond, es is nich kein Stern ... Feiiiier!"

In demselben Städtl hat gespielt noch eine andere Geschichte.

Und zwar is eines Tages gekommen in dieser Kille herein eine Kalesche, vorgespannt mit zwei wunderscheenen Loscheks. Und die Kalesche is stehngeblieben mitten auf der Gaß! Und der Kutscher is heruntergekommen, und er hat aufgemacht ein Tierchen, heruntergeklappt eine Stiege, und ieber der Stiege aus der Kalesche is herausgestiegen ein Mensch. Schwarz die Haare, schwarz die Oigen, schwarz der Bart. Mit einem Hietele und einem langen Kaftan angetan. Er hat herausgenommen aus der Kalesche eine Trommel, hat sich weggestellt und getrommelt – Tromptarom, Tromptarom, Tromptarom, und hat gerufen:

„Jidden, Jidden, heert mich aus!"

Und alle Jidden sind gekommen und haben sich aufgestellt. Der Schwarze hat angefangen zu sprechen – und er hat noch einmal gemacht Tromptarom, und dann hat er gesogt:

„Jidden, am kommenden Mittwoch es wird kommen in eier Städtl Modche Schaffer, der greßte, einzige jiddische Seiltänzer, wo es gibt ieberhaupt auf der ganzen Welt. Und jenner Modche Schaffer – er is der greßte, einzige jiddische Seiltänzer von der ganzen Welt – er wird tanzen über einen Strong, der gespannt is über dem Prud in einer Hehe von finfzehn – soll sein zehn Meter – drieben angekommen, er wird zuriecktanzen über dem Strong von zehn, soll sein fünf Meter, und wer das meg sehn, er soll kommen, und er soll bezahlen zwei Zloty."

Und er macht Tromptarom – Tromptarom, is hereingestiegen in die Kalesche und is weggefahrn.

Am Mittwoch darauf, die Jidden, se sein gestanden an den Ufern des Prud, und ieber dem Prud es war gespannt a Strong in der Hehe von sage und schreibe zwei Meter. Man hat gewartet eine halbe Stunde und schon hat ma geheert die Kalesche mit die zwei scheenen Loscheks. Feierig sennen se he herangestirmt. Der Kutscher hat gemacht brrr, und der Schwarze is ausgestiegen, wieder mit der Trommel, hat sich weggestellt und hat gemacht Trom-trom-trom-trom, hat geeffnet das Tierchen, und

dann er hat gerufen: „Jidden! – Aus dieser Kalesche heraus es steigt Modche Schaffer, der greßte und einzige jiddische Seiltänzer, was gibt ieberhaupt auf der ganzen Welt!“
Gebannt haben die Jidden hingeschaut, und aus der Kalesche herausgestiegen ist a Mändele von mindestens finfundneinzich Jahren, auf einem Stock gestietzt, sehr gebeigt, sehr klein, sehr zerbrechlich. Und dieses Mändele is hingegangen mit zegernden Schritten zu diesem Strong, der war gespannt ieber dem Prud. Er is heraufgestiegen auf dem Gestell, hat gesetzt dem rechten Fuß auf dem Strong und er hat ihm zurieckgezogen. Und dann er dreht sich ieber, und er blickt mit seinen gietigen Augen alle Jidden an, einem nach dem andern, von einem Antlitz zum anderen Antlitz, und er hebt seine brichige Stimme, und er sogt: „Jidden, ich bin Modche Schaffer, der greßte und der einzige jiddische Seiltänzer, wo gibt ieberhaupt auf der ganzen Welt. As ich jetzt wer heriebertanzen über dem Strong, der gespannt is ieber dem Fluß Prud, es is meglich, weil ich bin nich mehr kein Jingling, es is meglich, in der Mitte von dem Strong es wird mich ieberkommen ein Schwindelgefiel, und es wird mich hereinwerfen in dem Prud und – alsdann ich werde untergehn, denn ich versteh nich zu schwimmen, und dann die Welt, sie hat nich einen einzigen jiddischen Seiltänzer mehr. Jidden! Ich frag eich. Soll ich tanzen?“
Und da haben die Jidden gerufen, wie aus einem Mund: „Nein!“ Und Modche Schaffer, der einzige und greßte und letzte jiddische Seiltänzer, er ist hereingestiegen in die Kalesche und is er weggefahren, ohne zu tanzen. Und das hat er gemacht dem ganzen Prud entlang.

*Damit ich nicht vergesse, Ihnen zu erzählen ...*
Feigele Abeles, eine bechowete *(gemütliche, breite)* Jiddine tritt ein bei Rebbe Oppenheimer mit verweinten Oigen und roitem Gesicht und sogt schluchzend:
„Rebbe, Rebbe, Ihr mießt mir gebn eine Ejzze! Rebbe, mein Mann, er betriegt mich! Es muß doch irgend etwas stehn in die Biecher!"
Da sogt der Rebbe: „Feigele, mei Kind, du hast recht, in die Biecher steht alles! Also, geb mer herunter Foliant Nummer zwei!"
Sie gibt herunter Foliant Nummer zwei von einer Stellasche, und der Rebbe blättert Seite um Seite, Seite um Seite, und er schlogt zu dem Folianten und sogt:
„Mei Kind, da is es nich drinn! Also geb mer herunter – Foliant Nummer sieben!"
Se gebt ihm herunter Foliant Nummer sieben – und wieder blättert der Rebbe. Seite um Seite, Seite um Seite, und dann schlogt er zu dem Folianten Nummer sieben und sogt:
„Mei Kind, iach muß dich enteischen, da is es auch nich drinn! Also geb mehr herunter Foliant Nummer zwelf!"
Und sie gebt ihm herunter Foliant Nummer zwelf. Und ober blättert der Rebbe Seite um Seite, Seite um Seite, und auf einmal, zwischen zwei Seiten des alten Pergamentes, es liegt seine Brille! Seine Brille, die der Rebbe schon sucht zwei volle Jahre, und er setzt auf die Brille, und er schaut der Feige Abeles tief in die Oigen – und er mißt se von oben bis unten und sogt:
„Mei Kind, dein Mann betriegt dich? – Recht hat er!"

*Damit ich nicht vergesse, Ihnen zu erzählen ...*
Herschele Ostropoler, ein angesehener Bürger und Kaufmann in Jehupetz hat zu gehen gehabt dringend in Geschäften nach Plotowka. Und nachdem er letzter Zeit sehr gite Geschäfte gemacht hat, er hat sich gesogt, ich wer nix gehen auf Plotowka, ich wer fahrn.
Gesogt, getan. Asoi hat er sich gemietet eine Kalesche bei einem Kutscher, einem gewissen Moische Leib. Man is weggefahrn vün Jehupetz an einem scheenen Morgen, die Sonne hat heruntergeprallt, es war ein Vergniegen. Aber kaum is ma gefahrn zwei Minuten, der Kutscher hat sich herumgedreht und hat gesogt.
„Rebbe, iach bitt Eich eines, Ihr seht, da kommt ein Berg, steigt herunter von der Kalesche und schiebt a bissele an, weil der Loschek is alt. Der Loschek is mied, er wird Se nicht heraufziehn kennen auf dem Berg."
Nu, Herschele Ostropoler is a giter Mensch und er liebt die Tieren, ganz besonders die Ferdn.
„Warum wirklich, wenn der Loschek is alt, er is mied, warum soll er mich raufziehn!"
Und asoi, er hat sich hinter die Kalesche gestellt und hat geschoben bis ma war oben auf dem Berg. Oben angekommen hat er sich hereinsetzen wollen wieder in die Kalesche. Aber da hat sich heriebergedreht wieder der Kutscher:
„Rebbe, ich bitt Eich eins, der Loschek is alt, der Loschek is mied, er wird Eich nicht bremsen kennen und es wird ieberfahren der Wagen meinem Loschek. Und asoi bitt ich Eich mit aufgehobenen Händen, stellt Eich hinter dem Wagn und bremst a bissele."
Nu, Herschele Ostropoler hat gebremst bis man war unten angekommen. Im Tale, er hat sich hereinsetzen wollen in die Kalesche, und da hat sich wieder iebergedreht der Kutscher:
„Rebbe, ich bitte Eich eines – finf Minuten weiter, es kommt schon wieder ein Berg. Laßt dem Loschek a Zeit sich auszuschnaufn, und dann, iach bitt Eich sehr herzlich, schiebt mer an den Wagn auf dem Berg, weil der

Loschek is alt, der Loschek is mied, er wird Se nich heraufziehn kennen."
Asoi, ma is gefahrn von Berg zu Berg, von Berg zu Tal. Von Tal zu Berg, und Herschele Ostropoler hat geschoben, gebremst, geschoben, gebremst, geschoben. Gebremst, bis ma angekommen is in Plotowka. Schweißgebadet hat er aufgeatmet, wenn ma is gewesen am Hauptplatz. Und dort is der Kutscher runtergestiegen und er hat gesogt:
„Es kimmt mir von Ihnen, Reb Ostropoler, finfundzwanzich Zloty."
Mit zitternden Händen hat Herschele Ostropoler hereingegriffen in die Tasche, hat ihm finfundzwanzich Zloty in die Hand gedrieckt, indem er sprach:
„Heert mich aus, Kutscher, Ihr seid a armer Kutscher, daß Ihr wollt verdienen finfundzwanzich Zloty. Ich kann es sehr gut verstehn, weil Ihr seid doch etwas a armer Kutscher." Daß ich bin meschigge und ich muß fahrn von Jehupetz nach Plotowka, das kann ich verstehn, weil ich bin doch meschigge, aber nur eine Frage richt ich an Eich – for was is mitgegangen jenner Loschek?"

*Damit ich nicht vergesse, Ihnen zu erzählen ...*
Frankfurt, vor vielen, vielen Jahren. In einem kleinen Kontoir steht Meier Amschel Rothschild, der Grinder des Bankhauses, ein sehr begieterter und schon sehr alter Mann. Er steht ieber einem Pult und schreibt Auszüge aus Konten, Rechnungen und was man so im Bankgeschäft braucht. Da effnet sich mit Gepolter die Tiere und herein tritt ein Mensch in Uniform. Er schaut Amschel Rothschild an und sogt: „Gestatten Sie, daß ich mich vorstelle – Prittwitz von der Schlentzen – Adjutant Sr. Majestät des Königs von Preußen!“
Amschel Rothschild wendet seine Kopf und sogt: „Nehmen Se sich an Stuhl!“
Nach kurzer Pause sogt der von Prittwitz: „Verzeihen Sie – Adjutant Sr. Majestät des Königs von Preußen und Ritter des Roten Adlerordens!“
Wieder wendet sich Rothschild und sogt: „Nehmen sich an Stuhl!“ Worauf der andere lospoltert: „Von der Schlentzen, Adjutant Sr. Majestät des Königs von Preußen, Ritter des Roten Adlerordens und königlicher Kämmerer!“
Lächelnd sogt ihm Amschel Rothschild:
„Bitte, bitte, nehmen Se sich zwa Stiehle!“

*Damit ich nicht vergesse, Ihnen zu erzählen ...*
In dem Städtl Jehupetz, da is verstorben ein angesehener Bierger namens Jankel Menachem Knöpfelmacher. Am offenen Grab is gestanden die Kille und in der Mitte der Rebbe, der hat eine Ansprache gehalten folgenden Inhalts:
„Werte Trauergemeinde, schmerzbewegt stehn wir hier am Grabe unseres lieben Freindes und Mitbiergers Jankel Menachem Knöpfelmacher, der nich nur gewenen is ein giter Mensch, ein guter Geschäftsmann sondern auch ein treusorgender Familienvater, liebevoller Onkel und Neffe. Und er war, und das sog ich eich mit brechendem Herzen, er war mei bester Freind. – Von friehster Jugend an, unser Lebensweg is gemeinsam gegangen,

angefangen vom Cheder, von der Schule, die wir gemeinsam besucht haben. In jennem Cheder, mein Freind Jankel hat immer abgeschrieben von mir die Aufgaben, was ihm war immer sehr zum Guten. Und dann er hat eine sehr gute Tugend gehabt – er is immer gekommen und hat mich, seinem besten Freind, gefragt um Rat. Wie wir aus dem Cheder ausgetreten sind und das Studium beendet gehabt haben, is er zu mir gekommen und hat gesogt: ‚Heer mich aus, was soll ich werdn? – Soll ich werdn Rebbe. Oder soll ich gehen in Geschäft?' Und da hab ich ihm gegeben die Ejzze und habe gesogt: ‚Her zu, Rebbe wer ich selber, geh du herein in Geschäft.' Und er is hereingegangen in Geschäft, aber nich ohne mich vorher zu fragen: ‚Soll ach gehen zu Rappaport & Co. oder zu Feigelbaum & Spitzer?' Und ich hab ihm gut geraten, indem ich gesogt hab, geh du zu Rappaport & Co., denn das is meines Wissens nach die solidere Firma.

Finfzehn Johr is er dort gebliebn, und dann er hat sich als begieterter Mann selbständig gemacht. – Kaum selbständig, is er wieder bei mir hereingetreten und hat gesogt: ‚Rebbe, mein Freind, ich meg mich verehelichen, aber wem soll ich heiraten, soll ich heiraten Rebekka Goldfarb oder Sali Rosenstrauch?' Und ich hab ihm gesogt, du heirate Sali Rosenstrauch, denn sie hat mehr Geld. Es is eine glieckliche Ehe geworden. Dieser Ehe sind entsprungen sieben Kinder. Vier Buben, der Rest Mädelen. Er war glieckIich mit seiner Frau Sali, die hier neben mir steht mit geroiteten Oigen. Unser Mitgefiehl is mit ihr! Und so, er hat gelebt als glieckIicher Mensch. Vor etwas finf Tagen, er is wieder hereingetreten bei mir und er hat mich gefragt um die letzte Ejzze, indem er gesogt hat: ‚Es is ein scheener Tag, ich meg mich ergehn in der Natur, ich meg streifen ieber Wiesen und Felder – Rebbe, mei Freind, sog mer, soll ich nehmen einen Mantel oder soll ich nehmen keinen Mantel?' Hab ich ihm gesogt: ‚Jankele, mei Freind, es frestelt, es is kalt, nehm du den Mantel!' Er hat ihn nich genommen! Oh!"

*Damit ich nicht vergesse, Ihnen zu erzählen ...*
Auf seinem Krankenbett, besser gesogt auf seinem Totenbett, es liegt Chaim Fischer, a kleiner Kaufmann in einer kleinen Kille. Und um ihm herum versammelt, es is die ganze Familie, die Frau, der Sohn und die zwei Techter. Und Chaim Fischer, er atmet schwer, und die Brust, se hebt sich und se senkt sich, und er hat den Bart über der Decke, und die Oign se sennen schon trieb und verdreht, und er blickt mit diesen traurigen Oign auf seine Frau und er sogt: „Sure, mei Wab, bist de da?“
Sure, se weint und sogt: „Ja, Tate, ich bin da!“
Mit der rechten Hand erfaßt er seinem Sohn, er nimmt seine Hand und sogt: „Moische, Moische mei Sohn, bis de da?“ Moische schluckt einmal, schluckt zweimal und sogt: „Ja Tate, ja, ich bin da!“
Dann faßt er wieder mit der Hand auf seine jingere Tochter und sogt: „Mei Mädele, kleines goldiges Mädele, bist de da?“
„Ja, Tate, ich bin da!“
Er legt der andern Hand auf die ältere Tochter und sogt: Und du, mei Schatzele, du bist auch da?“
„Ja, Tate, ich bin da!“
Da richtet sich Chaim Fischer auf in sein Bett, der Blick wird feierig und bees und er ruft aus:
„Nu, und wer is im Geschäft?!“

Eine zweite traurige Geschichte.
Sie wissen, meine sehr verehrten Leser, wenn sich der Sohn von einem orthodoxen Jidden schmatten läßt, also wenn er sich taufn läßt, er wird so betrauert, wie wenn er gestorbn wäre. Nun, unsere Geschichte, sie spielt in einer kleinen Kille, und sie spielt in einem kleinen Haus, und sie spielt in einem kleinen Zimmer. Die Vorhänge sind zugezogen, und in der Ecke, ganz traurig, sitzt Aaron Wasserstrahl. Aaron Wasserstrahl, ein strengglaibiger Israelit, er sitzt und betrauert seinen Sohn. Er sitzt auf einem kleinen Schemel, er hat sich die Haare gerauft, er hat sich die Klejder zerrissn, er hat Asche gestreit auf sein

Haupt. Denn er betrauert seinem Sohn, weil jenner hat sich schmatten lassen.
Und wie er schon den zweiten Tag nischt esst und nischt trinkt, und wie er benscht und weint, auf einmal es geht auf die Tiere und ein Lichtstrahl erscheint und in diesem Lichtstrahl, es steht eine wunderscheene Gestalt. Er erschrickt – Aaron erschrickt, und er hebt schichtern die Oigen, und er schaut an die Gestalt, er kieckt se an und sogt:
„Groißer Gott – groißer Gott, du besuchst mich? Warum – ich frag dich, warum?“
Und gietig lächelt der liebe Gott und sogt: „Warum weinst du, mein Sohn?“
„Soll ich nich weinen, groißer Gott? Mei Sohn, mei Sohn hat sich taufn lassn!“
Da lächelt Gott milde: „Nun Aaron, mein Kind – und mein Sohn?“
Aaron, er schluchzt auf: „Groißer Gott, groißer Gott, ich frag dich eins, was soll ach machen?“
Und wieder lächelt der liebe Gott: „Mach dasselbe wie ich – mach a neies Testament!“

*Damit ich nicht vergesse, Ihnen zu erzählen ...*
Ein Tourist kommt an den See Genezareth. Dort ist eine kleine Barke zur Ieberfahrt bereitgestellt. Er geht hin und sogt:
„Verzeihn Se bitte die Frage, was kostet herieber zu fahrn ieber dem See Genezareth?“
Der Barkenführer schaut ihn an und sogt: „Zwanzig Israelpfund.“
„Das is aber doch a bissl viel!“
„Mei lieber Freind, das is der See Genezareth“, ieber diesen See ist Christus zu Fuß gegangen!“
Worauf der Tourist lächelnd antwortet: „Is a Wunder bei die Preise?“

*Damit ich nicht vergesse, Ihnen zu erzählen ...*
Auf dem Verdeck von einem Schiff steht ein Millionär. Da zieht ihm rickwärts a kleines Jingl das Taschentuch heraus. Der Kleine wird von einem Matrosen dabei ertappt. A tempo dreht sich der Millionär um:
„Lassen Se ihm! Lassen Se ihm! Wir haben alle amal klein angefangen!“

*Damit ich nicht vergesse, Ihnen zu erzählen ...*
Am Schabbes, der Rebbe kieckt heraus aus seiner Wohnungstier. Und er sieht vis-a-vis im Lernhaus drei Bocher, wie se sitzen und rauchn. Er rieft die drei zu sich und sogt zu dem ersten entristet:
„Was is? Meschigge gewordn? Du rauchst?"
„Verzeih Rebbe", sogt der Bocher verlegn, „ich hab vergessen, daß heite Schabbes is." –
„Und du?" sogt der Rebbe zum zweiten.
„Verzeiht, verzeiht Rebbe, ich hab vergessen, daß ma am Schabbes nich rauchen darf!"
Und wie der Dritte von dem Rebben gefragt wird, sogt er: „Verzeiht mir tausendmal, ich, Rebbe, ich hab die greßte Schuld – ich hab vergessen, die Vorhäng zuzuziehn!"

*Damit ich nicht vergesse, Ihnen zu erzählen ...*
In einem Eisenbahnkupée der alten russischen Staatsbahn sitzt Minkele Schuchman. Minkele Schuchman, eine Frau von nich älter wie – weiß ich – von finfundvierzich Johrn bis hundertundzwanzich. Aber sehr beleibt, sehr fillig, schoin hübsch, aber schon fast unbeweglich. Und sie sitzt, die Oign a bissele zu – die Oign a bissele offen. Die anderen im Kupée schlafen.
Auf einmal ein Herr wacht auf, weil Minkele Schuchman schon seit zwanzig Minuten sogt:
„Oich, oich, hab ich a Durscht, oich hab ich a Durscht, oich, ich hab a Durscht, ich hab a Durscht, oich, a Durscht hab ich, oich, hab ich a Durscht."
Es wird unerträglich, und bei der nächsten Station springt der Herr hinaus und kommt mit am Becher Wasser zurück, reicht ihn stumm, und Minkele Schuchman trinkt. Befriedigt setzt sich der Herr wieder in seine Ecke. Aber kaum hat er die Oigen geschlossen, heert er Minkele Schuchman stöhnen:
„Oich, hab ich a Durscht gehabt! Oich, hab ich a Durscht gehabt!"

*Damit ich nicht vergesse, Ihnen zu erzählen ...*
Kohn und Lewy haben miteinander a Prozeß. Sogt Kohn zu seinem Doktor:
„Herr Doktor, iach hab a großartige Idee, wie wir den Prozeß gewinnen. Ich wer dem Richter zwei scheene Gansln schicken!"
Sogt der Doktor: „Sind Se verrickt! Das darf der Richter doch nicht annehmen! Da verliern wir doch den Prozeß umso eher!"
Sogt Kohn: „Nu, wer ich se ihm nich schickn!"
Die Verhandlung kommt, Kohn gewinnt den Prozeß gegen Lewy. Der Doktor gratuliert dem Kohn:
„Sehn Se, wer weiß, wie die Sache ausgefallen wär, wenn Se dem Richter die Gansln geschickt hätten!"
Lacht Kohn: „Iach hab se ihm geschickt! Aber ich hab dem Lewy sei Visitkarten dazugelegt!"

*Damit ich nicht vergesse, Ihnen zu erzählen ...*
Jossele Marmorek is a feiner Mensch, ein groißer Kaufmann. Er hat viel Geld, und er hat Allieren – und asoi er hat Allieren, er liegt in Paris im Hotelzimmer. Und zwar im Hotelzimmer von dem beriehmten Hotel Ritz, was is auf der Plaze Vendomme.
Nu, in der Frieh um zehn Uhr, als er eingenommen hat gerade dem Friehstieck, es pocht draußen an der Tier. – Jossele sogt:
„Ki-e?" *(qui est)*
Und hert a Stimme: „Moi!" *(moi)*
„Ki-e-moi??" *(qui est moi)*
„Sche!" *(je)*
„Moische kimm herein!"

*Damit ich nicht vergesse, Ihnen zu erzählen ...*
Mordechai is seit finfundzwanzich Johren Schammes. Und in der Frieh von einem sehr scheenen Tag, der Rebbe läßt ihm kimmen:
„Mordi, Mordi, mei Jingele, finfundzwanchig Johr bist de Schammes in unserer Kille, finfundzwanzisch Johr bist de gewenen sehr brav. Wir sin nich ka reiche Kille, wir habn nich viel bezahlt. So, Mordi, mei Jingele, hast du a Wunsch? Nur a Wunsch, so fier zu feiern a Jubiläum?"
Ganz schichtern schaut ihm der Schammes an: „Ja, einem Wunsch hätt ich. Ich meg sein einem Tag lang der Rebbe und Ihr, der Rebbe, Ihr sollt sein der Schammes!"
„Hm", sogt Mordechai, „am nexten Donnerstag as Ihr wieder herieberfahrt nach Jehupetz. Und von Jehupetz weiter dort in diese kleine Kille, wo ma is noch nie gewesn, um dort zu machen den Besuch. Da meg ich so gern sein der Rebbe!"
Gesagt, getan. Am gewissen Donnerstag, der Rebbe spannt ein dem Loschek in dem Schlitten. Der Schammes setzt sich hinten, zugedeckt mit der Pelzdecke, und ma fahrt, ma fahrt durch dem Schnee, und die Glocken erklingen. Und der Loschek er stampft, bergauf – bergab – bergauf – bergab. Und – brrr! – ma is angekommen in der kleinen Kille, in der ma weder den Schammes noch den Rebben jemals gesehn hat. Und dort läßt sich gut vorspieln der Plan.
Man geht herein und ma wird begrießt, der Rebbe wird ehrfirchtig begrießt – der Rebbe, Se verstehn, der is der Schammes! Und rickwärts, sehr freindlich, sehr bescheiden, sehr devot, es steht der Rebbe.
Und nachdem ma alles gesehn hat, ma setzt sich weg und ma achelt. Und an der Spitze von der Tafel, es sitzt Mordechai, der Schammes. Er spielt den beriehmten Rebben, er trinkt Wein, er trinkt Brompfen und er achelt das und er achelt das, und draussn vor dem Fenster geht der echte Rebbe als Schammes. Und er drückt sich platt die Nos an dem Fenster, und die Fingerspitzen, se frieren ihm, und die Nos, se friert ihm.

„Aber“, sogt er, – „versprochn is versprochn!“ –
Inzwischen is drinn folgendes Gespräch:
Sogt aner: „Rebbe, Ihr seid a klieger Mensch! Bei uns hat sich abgespielt folgende Geschichte. Es sennen gewesn da zwei Burschn aus einer sehr guten, sehr reichen Familie und zwei Mädln. Und diese zwei Burschen waren verlobt mit de zwei Mädln. Und der Ältere war verlobt mit dem Mädl aus reichem Haus, und der Jingere war verlobt mit dem Mädl aus dem armen Haus. Nu jetzt is folgendes passiert. – Nu ist verstorbn an einer Lungenverzindung, is gestorben das reiche Mädl. Es misste jetzt dem Gesetz nach das ärmere Mädl nachricken, um zu heiratn dem älteren Sohn von der reichen Familie. Aber ma meg nich, daß der Erstgeborene soll heiraten das Mädl, was is aus einem armen Haus, damit das Geld nich soll gehen eventuell herieber ins arme Haus. Aber, das Gesetz schreibt vor! – Und hier is die große Frage: was kenn ma machen, um das Gesetz nich zu brechn und trotzdem, damit nich soll heiraten der ältere Bursch das arme Mädl?“
Mordechai schaut, streicht sich den Boart, trinkt noch einen Brompfen und dann sogt er:
„Hm – hm – in a scheene Kille bin ich hereingekommen, a solchene Frage stellt ma mir, mir dem beriehmten Rebben! Das weiß bei uns jeder Schammes!“
Und er effnet die Tier und schreit: „Moische, kimm herein und erklär den Herren!“

*Damit ich nicht vergesse, Ihnen zu erzählen ...*
Aaron Hintergedanken hat mit seiner Frau elf Kinder. Wie das zwelfte kommt, hegt er Bedenken, weil das Kind blond is und weder er noch seine Frau blond sind. Er sagt zu seiner Frau:
„Du, nu, mir scheint, der letzte Bub is nix von mir!“
Darauf seine Frau: „Siehste, wie de nix waaßt, grad der letzte!“

*Damit ich nicht vergesse, Ihnen zu erzählen ...*
Ein Wagen zwischen zwei Städten in Poilen und darauf zwei Jidden. Sogt der ane:
„Oih weh, mir geht's bitter! Ich plog mich und ich racker mich – ich plog mich als Hausierer wie a Lastesel fier meine Familie! Von mir gilt das Wort, daß der Mensch sein Brot im Schweiße seines Angesichts essen soll!“
Sogt der andere Jid: „Bei mir is es umgekehrt, ich leb vom Schweiße der anderen!“
Sogt der Hausierer:
„Wieso, wieso? Senn Se a Kapitalist – Sie?
Lacht der andere verschmitzt: „Kapitalist, wieso? Ich bin Badediener im Schwitzbad!“

*Damit ich nicht vergesse, Ihnen zu erzählen ...*

Heert mich aus, heert mich aus Jidden, was ich hab eich zu erzähln:

„Vor viele Jahre zurick, der Zar hat noch regiert in inserem Land. Ich bin gefahrn mit meinem Kutscher, mit meinem Loschek, im Schlitten durch einen Wald. Und auf einmal – ich seh einem Wolf! Und der Wolf hat leichtende Oign, und die Zunge bleckt ihm heraus, und der Wolf lauft neben dem Schlitten. Und ich kieck rechts – ober a Wolf, und ich kieck hinter mir – noch ein Wolf. Der Kutscher, er schlogt ein auf dem Loschek, der Loschek, er lauft, er lauft, der Schnee: er sprieht. Und ich kieck links – zwei Welfe, und ich kieck rechts – noch zwei Welfe, und ich kieck hinter mir – finf Welfe! – Ich hab Moire gekriegt, und in dem Moment, einer von die Welfe, er springt herauf auf dem Schlitten und schon ich hab gespiert dem heißen Atem vom Wolf in meinem Nacken. Und was tut Gott? – Ein Wunder! – Die Geschichte is nich wahr!"

*Damit ich nicht vergesse, Ihnen zu erzählen ...*

In der Eisenbahn, es sitzt a Poilischer mit a Kaftan, mit a Boart, mit a Stramel und ihm vis-a-vis ein Herr mit einem weißen Kragen, ohne Kravatte und einem schwarzen Plastron. Der Poilische kieckt herum:

„Verzeihn Se. Se haben was a komisches Gewand! Se haben nich an a Kaftan! Warum tragn Se nich a Krawatte? Warum?"

Sogt der Herr sehr gütig: „Das ist meine Tracht, meine Amtstracht. Ich bin ein Priester."

„So, Se sennen a Gallach, sin Se! So etwas wie ein Rebbe, von einer anderen Konfektion – ich versteh! Sin se Evangele?"

„Nein, ich bin katholischer Priester!"

„Oih, a Kathole! Das, verzeihn Se, a katholischer Priester, das is eine gut Parnosse, das is eine gute Profession?"

„Natürlich, natürlich ist es ein ganz, ich meine ein sehr, sehr befriedigendes Geschäft."

„Denn nur eins. Se kennen machen eine Karriere?"

„Wie meinen Sie?"

„Se haben die Meglichkeit fortzukommen?"

„Natürlich. Ich kann ja zum Beispiel Abt werden."

„Abt ist gut! Und wenn Se Abt sind, dann is es aus?"

„Nein, natürlich nicht, ich kann auch Bischof werden!"

„Bischof, oih Bischof, das kenn ich, das sennen die mit de komischen Mitzeln, mit de gedrehtn Steckn. Diese Bischoffen da, diese Leite, ja das kenn ich! Und wenn Se Bischof sind, is vorbei?"

„Nein, natürlich nicht, ich kann auch Kardinal werden!"

„Oih, Kardinal, ich hob schon gesehn in Rom! Se gehen herum mit so lange Kleider, scheen anzusehn! Wunderbar, eine Farbenpracht, sehr scheene Menschen! Nur die Frag, as Se sein a – wie sagn Se, ein Kardinal, dann ist mit der Karriere vorbei?"

Lächelt der Priester: „Nein, natürlich nicht, ich meine – theoretisch kann ich auch Papst werden."

„Papst, oih, Papst, das is mir! Papst, das is mir – ich hab ihm gesehn schon in der Zeitung. Er hat eine Krone und

is angetan mit einem weißen Gewand, und jeder kniet sich nieder vor ihm. Das is eine sehr gute Sache! Nu, und als Se sind Papst, dann is mit der Karriere vorbei?“
Da wird der katholische Priester direkt böse: „Selbstverständlich ist es dann vorbei, ich kann doch nicht auch noch der liebe Gott werden!“
„Sehn Se, sehn Se, einer von insere Leit is gewordn!“

*Damit ich nicht vergesse, Ihnen zu erzählen ...*
Baruch Bricker, ein renommierter Weinhändler, liegt im Sterben. Seine Söhne stehn um dem Bett herum. Der sterbende Bricker erteilt miehsam seine letzten Ratschläge, und wie er schon ganz kraftlos is, richtet er sich noch einmal auf, mit gebrochener Stimme:
„Ibrigens, ibrigens, was ich eich hab noch verratn wolln. – Wein kann man auch machn aus Trauben!“

*Damit ich nicht vergesse, Ihnen zu erzählen ...*

1920. Berlin. Zum beriehmten Verleger kommt a kleines Mändl im Kaftan, mit Boart, mit schmutzigen Schuhen. Der Kaftan a bissele abgetragen. Der Verleger sogt:

„Also wissen Sie, also das is furchtbar, da drängen Sie sich da rein seit zwei Tagen! Also was wollen Sie?"

„Verzeihn Se, Herr Verleger einer, ich hab ein Buch geschrieben, und ich mecht, Se solln mer dieses Buch verlegn."

„Also, was haben Sie denn für ein Buch geschrieben?"

„Ein Kriegsbuch!"

„Kriegsbuch! Von Ihnen brauch ich ein Kriegsbuch! – Ludendorff verlegt bei mir, Hindenburg verlegt bei mir!"

„Und ich soll nich bei Ihnen verlegn?"

„Was haben Sie denn geschrieben?"

Sogt er: „Meine Kriegserlebnisse!"

„Das ist doch uninteressant, ich brauch doch nicht Ihre Kriegserlebnisse!"

„Wie heißt denn das Buch?"

„Vier Jahre unter Gojim, ihre Sitten und Gebreiche!"

*Damit ich nicht vergesse, Ihnen zu erzählen ...*
Der Lehrer fragt den kleinen Moritz:
„Warum warst du am Montag nich in der Schul?“
„Montag, Herr Lehrer, da war ich krank!“
„Und am Dienstag?“
„Da war ich zuhause!“
„Und Mittwoch, wo warst du am Mittwoch, da warst du auch nich in der Schul?“
„Mittwoch, Herr Lehrer, hat mir mei groißer Bruder die Schultasch getragn, und wie ich in die Schul gegangen bin, hat er am Weg seine Geliebte getroffn, und mit der hat er sich aso lang unterhaltn, bis die Schul aus war!“
„Und warum bist du Donnerstag nich gekommen?“
„Herr Lehrer, ich hab geglaubt, Se wern sich aso giftn, daß ich Mittwoch nich in der Schul war, daß Se wern zaspringen!“
„Du Frechling, was erlaubst du dir? – Wo warst Du gestern?“
„Verzeihn Se, Herr Lehrer, kann ma denn jeden Tag in die Schul gehen?“

*Damit ich nicht vergesse, Ihnen zu erzählen ...*
Herschele Ostropoler is beriehmt. Aber warum er is beriehmt? Weil er is ein Liegner, und asoi geht er zu Moritz, dem Schadchen *(Heiratsvermittler)*.
„Heer zu, Schadchen, ich mecht gern haben a scheenes Mädl!"
„Nein, ich werd dir nich mehr vermittln gegn ein Mädl. Weil du, Herschele Ostropoler, du bist asoi a Liegner, daß ma dich nich kann vermitteln, an keine nich anständige Familie nich!"
„Nu", sagt er, „heer zu, ich wer nich mehr liegn. Aber wenn ich anfangn sollte zu liegen, du gibst mir unter dem Tisch einen Tritt gegen dem Knie und, oich, ich wer mich zurickhalten."
Nun, der Schadchen findet aus a Mädl, sehr scheen, sehr reich. Und er fiehrt ein Herschele Ostropoler in die Familie, und ma sitzt am Abend, und die Lichter brennen, und die Kerzen knistern, und es ist aufgedeckt das beste Geschirr. Und ma eßt, ma eßt a Katschke mit Reis – und es beginnt Herschele Ostropoler zu erzähln. Und er erzählt:
„In meiner Kille, es is da a Tempel, a Tempel, er is lang hundertundachtzich Meter!"
In dem Moment, er kriegt vom Schadchen a Tritt am Knie, und schon korrigiert er sich: „A Tempel, hundertundachtzich Meter lang, aber nur a halben Meter breit!"

*Damit ich nicht vergesse, Ihnen zu erzählen ...*
In einer kleinen Kille hat a Chasn *(Vorsänger)* vorgesungen auf Probe. Er singt nich sehr scheen, er hat ka Stimm, er hat ka Chain. Der Roschekol *(Gemeindevorsteher)* geht zum Schammes, sogt er:
„Heer zu, Schammes, du gehst hin zu dem Chasn und sogst, oh, ma kennen ihm nich brauchn! Aber sog es ihm aso, er soll nich gekränkt sein."
Und der Schammes geht hin zum Chasn und sogt: „Heert mich aus, Vetter, ich wird Eich gebn a bissl. A bissl a Leder. Ihr wird mer machen Schuh und dann, ich geb Eich, etwas, vier Meter Stoff, Ihr wird ma machen a neien Kaftan."
Empeert schaut ihm der Chasn an und sogt: „Was is? – Bin ich a Schuster? Bin ich a Schneider?"
Lächelt der Schammes: „Nu na – a Chasn seid Ihr?!"

*Damit ich nicht vergesse, Ihnen zu erzählen ...*
Zum reichen Baron Oppenheimer kommt a Schnorrer. Und der Schnorrer, er steht in der Tiere, und er sogt mit einer sehr mieden, sehr traurign Stimme:
„Verzeihn Se, Herr Baron, ich bin a Musiker, aber meine Kapelle, se hat sich aufgelest! In dem Städtl, es kennt mich ka Mensch, ich bin a solchener Pechvogel!"
Sogt der Baron: „Was spieln Se fier a Inschtrument?"
Der Schnorrer denkt nach, und dann sogt er: „Ich, ich spiel Obo-e!"
Der Hausherr effnet dem Schrank, zieht eine Oboe hervor und fordert ihn auf: „Spielen Se mir etwas vor!"
Darauf der Schnorrer: „Sehn Se, sehn Se, ich hab die Wahrheit gesogt, Herr Baron, ich bin doch wirklich ein Pechvogel! – Ausgerechnet a Oboe missen Se haben!"

*Damit ich nicht vergesse, Ihnen zu erzählen ...*
Sure kommt angelofn zum Rebben:
„Rebbe, mei Mann, mei giter Mann! Er is verstorbn! Aber, Rebbe, Ihr seid doch der greßte Mann, Ihr seid a Wundermann, ich bitt Eich eines, kemmt herieber und weckt mir auf meinem Mann!"
Der Rebbe zieht sich an den Kaftan, setzt sich auf dem Stramel, nimmt dem Stock in die Hand und geht herieber. In der warmen Stube setzt er sich neben dem kalten Toiten. Er nehmt seine Hand, und er blickt ihm ins Antlitz. Und dann sogt er:
„Sure, bring mir von dem Wodka, was Du immer da gehabt hast!" Sure bringt ihm das Fläschchen, er schenkt sich ein a Glasl, schaut an dem Toiten und sogt:
„Lechaim, leben sollst de!" Und trinkt.
Der Toite riehrt sich nich. Sogt er: „Der Wodka is zu schwach! Du hast nich an stärkeren Wodka?"
Sure geht weg, bringt a zweite Flasche. Der Rebbe riecht, schenkt sich ein a Glasl, trinkt und sogt:
„Lechaim, leben sollst de!"
Der Toite riehrt sich nich. Da kratzt sich der Rebbe die Nosn und sogt:
„Sure, ich erinner mich, ich erinner mich ganz genau, zu Pessach vor a poor Johr, da is gewesn da a ganz starker Brompfen, a Brompfen aus dem Jahr 1910, ein Wodka mit sechzig Prozent. Hast noch von dem?"
Still geht Sure heraus und kemmt mit der Wodkaflache aus dem Jahre neunzehnhundertzehn. Der Rebbe nimmt sich ein groißes Wasserglas, schenkt es voll. Ernsten Blickes schaut er an dem Toitn, er riecht zu dem Wodka, und dann sogt er: „Lechaim, leben sollst du!"
Und er trinkt auf einen Zug herunter das ganze Wasserglas und dem wunderbaren Wodka aus dem Jahre neunzehnhundertundzehn. Und dann kieckt er an dem Toiten, und as sich der nich riehrt, steht er auf und schittelt dem Kopf und sogt:
„Das nenn ich toit!"

*Damit ich nicht vergesse, Ihnen zu erzählen ...*
Zwei Jidden treffen sich am Bahnhof. Sogt der eine zum andern: „Moische, wohin fährst du?“
Sogt er: „Ich, ich fahr nach Lemberg!“
Darauf lacht der andere und sogt: „As immer des sogst, du fährst nach Lemberg, wills du doch haben, ich soll glaubn, du fährst gen Krukew. Also fährst du doch wirklich gen Lemberg! Sog mer eins. Was machst du in Lemberg?“

*Damit ich nicht vergesse, Ihnen zu erzählen ...*
A Schadchen, a wie sogt ma, a Heiratsvermittler, hat mitgebracht zu einem Kunden einen Anlernling, einen Lehrbuben, einen Assistan! Jenner, er kann zwar noch nicht sein selbständiger Schadchen, aber zur Unterstitzung, er is sehr gut. Sogt der Schadchen:
„Es is da a Mädl wie Milch und Blut, und das Mädl, so wahr ich lebe, sie stammt aus einer wunderbaren Familie.“
Der Assistan: „Was haaßt Familie, die Crème der Crème!“
„Und der Tate“, sogt der Schadchen, „der Tate is a wohlhabender Mann.!“
„A wohlhabender Mann“, sogt der Assistan, „was haaßt wohlhabender Mann! Rothschild, Rothschild is nix gegen ihm!“
Und der Schadchen sogt: „Und das Mädle ist asoi scheen, asoi scheen anzusehn!“
Sogt der Bursch, der Assistan: „Was haaßt scheen, wunderscheen anzusehn! Händl Batscheba is nischt gegen ihr!“
Sogt der Schadchen: „Nur etwas, ma kenn es Ihnen nich verschweign, das Mädl, se hat etwas, se hat etwas eine schiefe Haltung!“
Worauf der Assistan sogt: „Was haaßt schiefe Haltung! A so was von a Buckel hab ich in mei Leben noch nich gesehn!“

*Damit ich nicht vergesse, Ihnen zu erzählen ...*

Beim Manöver steht vor einem Zelt der Wachtposten Abeles. Der Feldwebel sogt ihm, wenn er dem General sieht, soll er ihn, dem Feldwebel, sofort rufen. Der Feldwebel geht ins Zelt. Nach einer Viertelstunde kommt er heraus, fragt den Abeles, ob er den General noch nix gesehen hat. Abeles sogt:

„Nein!"

Worauf sich der Feldwebel fluchend zurückzieht. Nach weiteren zehn Minuten kommt der Feldwebel wieder heraus und sogt:

„Haben Sie den General noch immer nicht gesehen?"

Abeles verneint. – Der Feldwebel zieht sich wieder fluchend zurück.

Endlich kommt der General. Rekrut Abeles salutiert und sogt zum General:

„Oih weh, wo warn Se so lang? A Kleinigkeit Schiffles wern Se kriegn! Der Feldwebel is beroiges, dreimal hat er schon nach Ihnen gefragt!"

*Damit ich nicht vergesse, Ihnen zu erzählen ...*

Im Eisenbahnkupée sitzt a elterer Herr, ihm gegenüber a junger Mann. Der eltere Herr stellt sich vor, und im Laufe des Gesprächs sogt er zu dem jungen Mann:

„Sie scheinen ein sehr gut situierter Mensch zu sein, ich mecht Ihnen meine Tochter gebn!"

Sogt der junge Mann: „Bitte, wenn se Geld bekommt und scheen is heirat ich sie!"

Sogt der alte Mann: „Se is scheen und bekommt Geld, aber leider a kleiner Umstand is bei der Sache, ich muß Ihnen reinen Wein einschenken, ich hab dreimal Konkurs angesagt, ich hab wegen einer kleinen Wechselfälschung zwei Johr sitzn missen, aber Gott sei Dank, ich hab heite a halbe Million im Vermegen. Mei ältester Sohn, er hat missn nach Amerika durchgehn, weil er hat zuviel Geld in der Bank gesehn! Mei Tochter is a sehr scheenes Mädl, wirklich sehr scheen, hochanständig, nur sie hat durch Zufall a Kind bekommen. – Und Sie, mein Herr, jetzt mecht ich wissen, wer sind Sie?"

„Ich nehm Ihre Tochter! Und jetzt wissen Se, wer ich bin!"

*Damit ich nicht vergesse, Ihnen zu erzählen ...*
Der Chassid zum andern, nach einem Streitgespräch, in dem der eine Chassid hat gelestert etwas dem Rebbe von dem andern:
„Du, wie kannst du es wagn ieber einem Rebben zu lachen, dem sich Gott an jedem Freitag selber offenbart?"
Sogt der andere: „Was haaßt, was haaßt, was haaßt, woher weißt du das, daß Gott sich ihm offenbart?"
„Er hat es mir selber erzählt!"
„Oi weh! Vielleicht hat er gelogn?"
„Was haaßt gelogn? Wird a Mensch liegn, dem sich Gott jeden Freitag offenbart!?"

*Damit ich nicht vergesse, Ihnen zu erzählen ...*
Wien 1925 – zu dem beriehmten Juwelier Hügler kommen zwei sehr gut aussehende Herren. Der Geschäftsfiehrer stierzt ihnen entgegen und sogt:
„Meine Herren, womit kann ich Ihnen dienen?"
Worauf der eine Herr antwortet: „Se verzeihn bitte die Frage, Se habn da draußn im Schaukasten etwas einem Flatterer. Unter wieviel Se bedierfn nich zu veraißern jenem Flatterer?"
Der Geschäftsführer sogt: „Verzeihn Sie, meine Herren, ich habe nicht recht verstanden? Wie meinen Sie?"
Sogt der Herr wiederum: „Bitte scheen, da draußen in dem Schaukasten, in der Auslage, Se habn einem Flatterer. Unter wieviel bedierfn Se nich zu veraißern jennem Flatterer – dorten da?"
„Ach, Sie meinen diesen Brillantschmetterling. Der kostet fünfundzwanzigtausend Schilling!"
„Sehr gut, packen Se ein, und schicken Se ihm herein im Hotel!"
Der Geschäftsführer ist hocherfreut, a so a groißartiges Geschäft gemacht zu haben, und sogt:
„Meine Herren, darf ich Sie bitten, mir Ihre Namen zu sagen."
„Selbstverständlich! Ich bin Labadudl di Gonda,

Oberhofmeister Sr. Majestät dem König von Spanien, und jenner is der Zeremonienmeister!“
Erstaunt fragt der Geschäftsfiehrer: „Verzeihen Sie, meine Herren, dürfte ich Ihre Pässe sehen!“
Schon werden zwei spanische Diplomatenpässe gezückt: Labadudl di Gonda, Oberhofmeister Sr. Majestät des Königs von Spanien, der andere Herr ist tatsächlich der Zeremonienmeister. Und nun fragt der Geschäftsfiehrer: „Verzeihen Sie, meine Herren, Sie sind zwei spanische Granden, aber Sie sprechen einen merkwürdigen Slang?“
„Jo, mir sennen zwei spanische Granden, aber wir haben bei Armin Berg *(berühmter jüdischer Komiker)* Daitsch gelernt!“

*Damit ich nicht vergesse, Ihnen zu erzählen ...*
Zum Rebben kommt a Mensch und sogt:
„Rebbe, mei Bruder meiner is mer gestorbn, und ich meg, Ihr sollt halten eine Rede an seinem offenen Grab! Nu, Rebbe, was kost denn das?“
Der Rebbe denkt nach und sogt: „Eine Rede, eine Rede, die kostet etwas zweihundert Zloty. Aber as ich gehaltn hab die Rede, de ganze Kille weint und schluchzt!“
Sogt er: „Sehr scheen, aber verzeiht Rebbe, zweihundert Zloty is viel Geld. Es geht nich billiger?“
„Ja, wir kennen scho machn eine Grabrede fier hundert Zloty, und da geb ich die Versicherung, es weint der weibliche Teil der Kille, und die Kinder schluchzenen!“
„Nu“, sogt er, „das is sehr scheen, aber es is a bissele vill Geld, Rebbe! Fier finzig Zloty, Sie habn nich keine Rede?“
Sogt der Rebbe: „Natierliich hab ich a Rede fier finfzig Zloty. Nur ich darf Se aufmerksam machn, diese Rede hat schon einen leicht humoristischen Einschlag!“

*Damit ich nicht vergesse, Ihnen zu erzählen ...*

Krakau 1930 – Eröffnung des neuen Lewi Merores-Krankenhauses! Der greise Stifter, Lewi Merores, er sitzt wie aufgebahrt in einem wunderscheenen Sessel vor dem von ihm gestifteten Krankenhaus. Ehrengäste sind geladen. Reporter der Zeitung interviewen dem alten Mann. Ein junger Reporter hält ihm ein Bild hin:

„Verzeihn Se, Herr Kommerzialrat, hätten Se die groiße Giete, Ihre Unterschrift auf dieses Bild zu setzen, damit wir es vereffentlichen kennen?“

Da schaut der alte Merores ihm an und sogt: „Verzeihen Se, junger Mann, aber ich verstehe nich zu lesen und nich zu schreibn!“

„Das is nich meglich, Sie kennen nich lesen und schreiben? Wieso?“

Lewi Merores sogt: „Heern Se mich aus, ich wird Ihnen meine Geschichte erzähln. Vor etwas a finfzig Johr zurick, ich bin gewesen Schammes in Sadagora, Sadagora is a kleine, aber sehr scheene Kille. Manchesmal ich hab Sehnsucht nach Sadagora. Und eines Tages kemmt der Roschekol zu mir und sogt: ‚Schammes, trag herieber dem Brief.‘ Und ich schau ihm an, den Brief, und ich hab scho gesogt, ich versteh nich zu lesen, ich versteh nich zu schreiben, und ich sog: ‚Roschekohl, wohin soll ich tragn dem Brief?‘ Sogt er: ‚Nu, die Adreß steht doch drauf!‘ Ich kann doch nich lesen, und ich kann doch nich schreiben! Und a so hat ma sich in Sadagora scheniert fier einem Schammes, wo nich lesen kann und nich kann schreibn. Aber se warn gite Menschn, se habn mer herausgeworfn, aber se habn mer gegeben einen kleinen Handwagn, ich bin gefahrn heraus in die Umgebung, ieber die Wälder, ieber die Felder, durch die Wiesn, ich bin gefahrn zu die Bauern, hab eingekauft Milch und Butter und Schmettn und Eier, und ich bin zurieck gefahrn nach Sadagora mit a bissele Gewinn, Hab schon gehabt mehr Geld. Nach zwei Jahrn hab ich gehabt a Wägele mit a Loschek. Nach finf Johrn hab ich gehabt finf Wägele und zehn Loscheks. Und in zehn Johrn hob i gehabt in Sadagora a kleine

Molkerei. Und dann, junger Mann, is es gegangn aufwärts. Noch a Molkerei, a Molkerei in Krukew, a Molkerei in noch a Städtl und noch a Städtl. Und nach vierzich Johrn, ich war der greßte Molkerist in ganzem Land. Und sehn Se, weil ich hab so viel verdient und weil ich hab asoi viel Massl gehabt, hab ich ma gedacht, geh, sei a giter Mensch, mach a Stiftung fier kranke Menschen, fier arme Menschen, wo nich so viel Massl gehabt habn wie du. Und asoi hab ich baun lassn dem Krankenhaus, ich, der greßte Molkerist!"
Do sogt der Reporter, der etwas geriehrt ist: „Ausgezeichnet, es is Ihnen zu gratulieren, Herr Kommerzialrat! Nur, was wärn Se geworden, wenn Se lesen und schreiben hetten kennen?"
Da lacht ihm der alte Merores an und sogt: „Nu, was wär ich schon gewordn? Schammes in Sadagora!"

*Damit ich nicht vergesse, Ihnen zu erzählen ...*
Zu dem gietigen Rabbiner von Jehupetz kemmt a Jid und fragt verlegn, ob ma die Broche, den Segen, bei der Seder-Mahlzeit statt ieber dem Wein, auch ieber Milach sprechn darf.
„Nein", sogt der Rebbe, „ma darf nich!" und gebt ihm drei Gulden.
A Freind vom Rebben, was sitzt daneben, sogt ihm:
„Verzeiht Rebbe, aber er hat doch gar nich um Geld geschnorrt!"
„Was is, was is", sogt der Rebbe, „verstehst de nich? Wenn er statt Wein Milach nehmen will, is das nich ein Zeichen, daß er nich nur nich kein Wein, sondern auch nich a Stickl Fleisch hat zum Festmahl, und da er so bettelarm is, muß ma ihm doch helfn!"

*Damit ich nicht vergesse, Ihnen zu erzählen ...*
Diese Geschichte spielt in einem deutschen Konzentrationslager – in welchem is egal –, eins war wie das andere. Eines Tages war ein SS-Obersturmführer – einer war wie der andere – sehr lustig. Und wenn so ein SS-Obersturmführer sehr lustig war, war das für die Insassen des Konzentrationslager sehr traurig. Er ließ sich einen kleinen, unscheinbaren Juden kommen, stellte sich vor ihn und sagte: „Hör zu, Kleiner, ich hab 'n Glasauge! Dieses Glausauge ist wohl das Beste, was in Deutschland erhältlich ist, und kein Mensch kann erkennen, ob det en Glausauge is oder ob det echt ist. Du weißt Bescheid, du überlebtst es hier nich! Solltest du aber erraten, welches Auge mein Glasauge ist, dann laß ich dich frei!"
Verschreckt blickt der kleine Jude in die beiden Augen des Mannes und sagt nach kurzem Überlegen:
„Das linke Oig is Ihr Glasoig!"
Da reißt der SS-Mann die Augen auf, das echte und das Glausauge und sagt:
„Kolossal! Großartig! Du hast's erraten! Aber sag mal, Jude, woran hast du det gemerkt?"
Da schaut der kleine Jude zu Boden und sogt: „Se wern mir schon verzeihn, aber das Glasoig, es hat einen so gietigen Schimmer!"

*Damit ich nicht vergesse, Ihnen zu erzählen ...*
Im ersten Weltkrieg liegt ein verwundeter jüdischer Soldat auf dem Schlachtfeld. Der Arme hat nicht mehr lange zu leben. Da beugt sich ein Feldkurat über ihn, spendet ihm Trost und zeigt ihm das Kreuz.
„Kennst du das, mein Sohn?"
Schaut ihn der Soldat an und murmelt: „Komischer Mensch, ich geh sterben, und er gibt ma Rebusse auf!"

*Damit ich nicht vergesse, Ihnen zu erzählen ...*
Zwei Jidden treffen sich. Sogt der eine zum andern:
„Warum bist de a so schocher *(armselig)* angezogn?"
Sogt jenner: „Ich han a miese Parnosse!"
„Wos bist du?"
„Ich bin a Musiker."
„Wos spielst du for a Inschtrument?"
„Ich spiel Fagott!"
„Sehste, sehste!", sogt der andere, „fa de Menschen mußt du spieln – nich fa Gott!"

*Damit ich nicht vergesse, Ihnen zu erzählen ...*
In einem Feldlazarett liegt ein Soldat mosaischer Konfession, und als es mit ihm zu Ende geht, fragt ihn der Arzt:
„Nun, Mandelbaum, haben Sie noch einen Wunsch?"
„Ja", murmelt er, „ich mech habn einen katholischen Priester!" Wundert sich der Arzt:
„Warum einen katholischen Priester?"
Schmunzelt der Patient:
„Mei Rebbe geht in ka Choleraspital!"

In einem anderes Saal dieses Lazarettes spielt sich eine ähnliche Szene ab, nur dort verlangt der Patient einen Erzbischof.
„Warum einen Erzbischof?" fragt der Arzt.
„Weil ich mich mechte lassen taufen!"
Der Arzt, selbst Jude, setzt sich an das Bett, nimmt die Hand des Patienten in seine und redet gütig auf ihn ein:
„Schauen Sie, Hirschmann, so viele Jahre waren Sie ein guter Jude, haben Sie mit Ihrem Gott in Frieden gelebt, haben die Gesetze der Religion befolgt, warum wollen Sie sich jetzt, gerade jetzt so knapp vor ihrem Ableben, taufen lassen?"
„Wissen Se, Herr Regimentsarzt, ich hab ma die Sache ieberlegt – und ich bin zu dem Schluß gekommen, wenn einer sterben soll, soll sterben a Goi!"

*Damit ich nicht vergesse, Ihnen zu erzählen ...*
Der Tate geht mit seinem Sohn spaziern. Sogt er:
„Moischele, kletter herauf auf jennem Baum!"
Moischele schreit: „Nein, ich kletter nich! – Ich fiercht mich!"
„Hab nischt ka Moire", beruhigt ihn der Vater, „kletter herauf auf dem Baum!"
Das Jingele kraxelt und bleibt in der Astgabel sitzen. Ängstlich schaut es herunter.
Sogt der Tate: „Und jetzt kletter heraus auf dem Ast!"
„Nein, Tate, ich fiercht mich, ich kletter nich!"

„Hab nischt ka Moire!“ beruhigt ihn der Vater, „kletter heraus!“
Nu, das Jingele klettert und schaut ängstlich vom hohen Ast auf den Vater.
„Und jetzt, Jingele, spring herunter!“
„Nein, Tate, ich spring nich, ich fiercht mich!“
„Hab nich ka Moire, Jingele, spring herunter – der Tate wird dich auffangen!“
Und asoi springt das Jingel, der Tate aber steht mit verschränkten Armen daneben, das Kind fällt auf den Boden. Tränenüberströmt schaut der Sohn seinen Taten an und fragt schluchzend:
„Warum, Tate, hast du mer nix aufgehoben? Du hast es mir doch versprochen!“
„Siehste, Jingele“, sogt der Tate, „das is der Zweck! Du sollst sehn, nich amal auf die engsten Verwandten soll ma sich verlassn!“

Dos nämliche Jingl geht mit Taten durch die Straßen der Kille. Und es hängt heraus bei einem Bäcker eine Bretze. Fragt das Jingel:
„Tate, warum hängt heraus eine Bretze?“
„Weil“, sogt der Tate, „es is das Geschäft vom Bäcker!“
Ma geht weiter, es hängt heraus eine Geige:
„Warum, Tate, hängt heraus eine Geige?“
„Weil“, sogt der Tate, „es is das Geschäft vom Geigenbauer!“
„Und da“, fragt das Jingel, „da hängt heraus eine Uhr, is das das Geschäft vom Uhrmacher?“
„Nein, mein Kind, das ist das Gewölb vom Moile *(Beschneider)*!“
Mit großen Augen fragt das Kind: „Und warum hängt er eine Uhr heraus?“
Sogt der Tate: „Was denn soll er heraushängen?!“

Auf dem nämlichen Spaziergang kommt ma vorbei an der katholischen Kirche des Städtchens. Fragt das Jingel wißbegierig: „Tateleben, ist dos a Tempel?“

„So was ähnliches“, antwortet der Vater, „eine christliche Kirche! Du siehst, mei Kind, auch ein Gotteshaus!“
Fragt das Jingel: „Wieso Gotteshaus?“
„Weil, so wie im Tempel, wohnt auch in diesem Haus der liebe Gott!“ –
„Der Rebbe hat gelehrt“, sogt das Kind zweifelnd, „daß Gott im Himmel wohnt!“
„Das schon“, beruhigt ihn der Vater, „wohnen tut er oben, aber das Geschäft hat er herunten!“

*Damit ich nicht vergesse, Ihnen zu erzählen ...*
In einer belebten Straße New Yorks steht eine christliche Kirche neben einem jüdischen Tempel. Der Schammes der Synagoge sitzt auf einem keinen Stühlchen vor dem Eingang des Gotteshauses in der Sonne. Ein Mann geht vorbei und grüßt:
„Gelobt sei Jesus Christus!“
Murmelt der Schammes: „Daneben!“ –

*Damit ich nicht vergesse, Ihnen zu erzählen ...*
Chaim Merores kommt am Flugplatz in London an, wirft sich in ein Taxi und schreit dem Chauffeur zu:
„Waterloo!"
Fragt der Chauffeur: „Station?"
Brüllt Merores zurück: „No na, Schlachtfeld!"

*Damit ich nicht vergesse, Ihnen zu erzählen ...*
Nach dem Einmarsch der deutschen Truppen in Österreich geht Weichselbaum mit Thugut durch die Pazmanitengasse. Weichselbaum sagt:
„Ich geh nach England, dort hab ich Verwandte, und du?"
Antwortet Thugut: „I hab a Einreise nach Borneo!"
„Borneo?" sagt Weichselbaum, „is aber weit!"
Traurig schaut Thugut ihn an:
„Weit – von wo?"

*Damit ich nicht vergesse, Ihnen zu erzählen ...*

In der Eisenbahn, auf der Strecke, die die Kaisertümer Österreich und Rußland verband, sitzt a Jid im Kaftan mit dem Stramel aufn Kopf, die Hände ieber den Bauch gefaltet und döst. An der Grenze betritt ein nicht sehr freundlicher Zollbeamter das Abteil:

„Haben Sie was zu verzollen?"

„Nein", sogt der Jid aufrichtig.

„Und was haben Sie in dem Paket?"

„Einen Geier!"

„Aufmachen!" herrscht ihn der Beamte an.

Der Jid erhebt sich, knüpft das Paket auf – und was erscheint vor dem staunenden Beamten? Eine Pendeluhr!

„Hören Sie, das ist ja eine Pendeluhr! Wie können Sie sagen, das ist ein Geier?"

„Nu, sehn Se nich", fragt ihn der Jid ungläubig, „geiht hin, geiht her – geiht hin – geiht her –!"

Auf der Rückreise kommt wieder derselbe Zollbeamte und zieht unter dem Sitz einen kleinen Sack hervor:

„Was ist da drin?"

Treuherzig blickt ihn unser Freund an und sogt:

„Futter für meinen Papagei!"

Der Beamte öffnet den Sack und findet Kaffee.

„Hören Sie, ein Papagei frißt doch keinen Kaffee!"

„Frißt er nich?" wundert sich der Jid, „kriegt er gor nischt!"

*Damit ich nicht vergesse, Ihnen zu erzählen ...*
Zwei Freunde treffen sich nach dem Sommer wieder. Sogt der eine: „Nu, wo warst du im Sommer?"
„Wie immer in Gastein!"
„Scheen?"
„Was haaßt scheen? Eine Pracht, ein Vergniegen, eine Erholung!"
„Erzähl, was hast du gemacht?"
„Die Kur gebraucht, geschlafen, gegessen, geschlafen, getrunken, Karten gespielt, Schach gespielt, Roulette gespielt, im Café Weißmaier am Schmähbankerl gesessen, geschmust und getratscht – eine Erholung!"
Fragt ihn der andere:
„Und im Wald bist du nich spaziert?"
Reißt jenner die Augen auf: „Wieso? Bin ich a Reh?"

*Damit ich nicht vergesse, Ihnen zu erzählen ...*
In ein koscheres Restaurant kommt ein Herr. Läßt sich den Wirt rufen und sagt:
„Heert mich aus, Vetter! Ich mecht von heite an jeden Tag in Ihr Restaurant kommen, aber es is mer zu schmutzig! Ich muß habn jeden Tag auf meinem Tisch ein sauberes Tischtuch, a ausputztes Glas und eine blietenweiße Serviette!"
Dem Wunsch des Gastes wird entsprochen, jedoch schon am vierten Tag liegt ein beflecktes Tischtuch und eine bereits gebrauchte Serviette vor ihm. Der Herr läßt sich den Wirt rufen, und der Gastronom erscheint behäbig.
„Was is", herrscht der Gast ihn an, „wieso hab ich ka frisches Tischtuch und ka saubere Serviette?"
„Verzeihn Sie", entschuldigt sich der Wirt, „aber die anderen Gäste haben sich beschwert. Entweder san ma a koscheres Restaurant oder nich!"

*Damit ich nicht vergesse, Ihnen zu erzählen ...*
Auf der sonnenbeschienen Straße in einer kleinen polnischen Kille treffen sich nach der Mittagsrunde zwei Chawerim. Sagt der eine zum andern: „Rat a mal, was ich heite gegessen hab!"
„Gib mer an Hauch!"
Jenner haucht. Jenner riecht und tippt: „Zwiebelach?"
Schmunzelnd schüttelt der andere dem Kopf.
„Geb mer ober an Hauch! – Knobelach?"
Schmunzelnd verneint der Befragte.
„Nu, was denn?"
Verklärt sich das Gesicht des ersteren: „Erdbeeren!" –

*Damit ich nicht vergesse, Ihnen zu erzählen ...*
In einem amerikanischen Spital wird eine Visite gemacht, und zwar vom Erzbischof Spellmann. Ein Jid liegt unterm Sauerstoffzelt und neugierig schaut der Kardinal hinein. Der Patient ringt nach Atem, sein Gesicht verfärbt sich, und mit letzter Kraft schreibt er ein paar Worte auf einen Zettel, dann verscheidet er.
Ungeachtet der anderen Religion erteilt Spellmann den Segen, und dann läßt er sich den Zettel reichen. Sein Erstaunen ist groß, als er liest: Herr Pfarrer, Sie stehn auf meinem Luftzufuhrschlauch! –

*Damit ich nicht vergesse, Ihnen zu erzählen ...*
Eine jüdische Seilschaft hängt völlig hilflos zwei Tage in der Eiger-Norwand. Die Rettungsmannschaften tun ihr möglichstes, und auch das Rote Kreuz hat einen Hubschrauber eingesetzt. Als sich dieser nähert und der Führer der Seilschaft das Rote Kreuz auf der weißen Maschine ausnimmt, winkt er abwehrend mit den Händen: „Wir habn scho gegebn!"

*Damit ich nicht vergesse, Ihnen zu erzählen ...*
Scherpelz geht mit einem Freind philosophierend durch die Straßen. Sogt er:
„Sehste, das Leben is a tiefer Brunnen!"
Nach langer Pause fragt der Freund: „Wieso?"
Scherpelz gibt die Erklärung: „Siehst du, ich sag, das Leben is a tiefer Brunnen, weil es is unergriendlich, dunkel und ma seht ka End!"
Tief beeindruckt denkt der Freund nach. Nach einer halben Stunde des Klärens spricht er den bedeutenden Satz aus: „Das Leben is wie a Kettenbriecke!"
„Warum?"
„Waaß ich!?"

*Damit ich nicht vergesse, Ihnen zu erzählen ...*
Pinkas Teller erzählt von seinen Reisen und dann prahlt er: „Sennen mir mit dem Schiff am Nordpol gestrandet. Alle Menschen sind im Wasser hereingefallen und nur ich hab mich retten kennen auf eine Eisscholle. Und wie ich so schau, auf einmal seh ich, es nähert sich mir ein Eisbär, von der anderen Seite ober ein Eisbär, von vorne wieder ein Eisbär und von rieckwärts zwei Eisbären. Da hättets ihr sehen solln, wie schnell ich auf die Palme geklettert bin!"
Wundert sich ein Zuhörer: „Was haaßt Palme? Auf einer Eisscholle steht doch ka Palme!"
Schüttelt Teller den Kopf: „Ich weiß, aber was hätt ich machn solln?"

*Damit ich nicht vergesse, Ihnen zu erzählen ...*
Jossele Marmorek und seine Frau fahren die Mame besuchen nach New York. Die stürmische Überfahrt verursacht ihnen Seekrankheit. Als sie im Hafen von New York ankommen, stieg gerade ein Taucher aus dem Wasser. Blickt Marmorek auf seine Frau und sogt: „Siehst du, Margot, dos hätt ich wissen miessen! Wär ich auch zu Fuß gegangen!"

*Damit ich nicht vergesse, Ihnen zu erzählen ...*
Zwei Jidden gehn in Rom am Petersplatz spazieren, bewundern den Petersdom und alle anderen Gebäude. Da es die Zeit des Konzils ist, fahren unentwegt Kardinäle in großen Autos vor.
„Siehst de“, sogt der eine Jud zum anderen, „dos is a Parnosse, dos hat sich entwickelt. Mit an Esel habn sie angefangen!“

*Damit ich nicht vergesse, Ihnen zu erzählen ...*
Baruch ist ein richtiger Mann. Und als er zum ersten Mal in ein Städtchen kommt, will er sich erkundigen, wo – also sprechen wir es aus – das Bordell ist. Er geht zum erstbesten Passanten und fragt: „Verzeihn Sie, wo wohnt hier der Rebbe?“ „Der Rebbe“, bekommt er zur Antwort, „wohnt Kurzgasse 3.“
„Wieso“, sagt Baruch, „Kurzgasse 3 ist doch das Puff!“
Darauf der andere lachend:
„Hern Se auf, das Puff is doch Kaiserstraße 7!“
„Danke scheen“, sagt Baruch verschmitzt und läuft davon.

*Damit ich nicht vergesse, Ihnen zu erzählen ...*
Moischele kimmt zurieck von der Schule, schmeißt den Ranzen in die Ecke und setzt sich weg, die Aufgaben zu machen. Sogt die Mame: „Nu, Moischele, was hat der Schulpsychiater gesogt?"
Moischele steht auf, kratzt sich den Kopf und sogt:
„Ich weiß allein nich, wos es bedeiten soll, der Herr Pischiater hat gesogt, ich soll habn etwas einen Ödipuskomplex! Mame, sog ehrliich, is das was Schlimmes?"
Darauf die Mame: „Ich weiß auch nich, was es is! Aber mach dir keine Sorgen, Moischele, die Hauptsach is – wir habn uns lieb!"

Selbiger Moischele sitzt zwei Tag später in seinem Stiebele. Der Tate geht draußen vorbei und hert, wie Moischele memoriert:
„La wasch – le schien – le schado ..."
Kimmt der Tate herein und sogt: „Moischele, was tiest de?" Sogt Moischele: „Ich lern franznesisch – la wasch – die Kuh, le schien – der Hund, le schado – das Schloß!"
„De lernst franznesisch, mei Kind? Asoi!"
Drauf Moische prompt: „Asoi – der Vogel!"

*Damit ich nicht vergesse, Ihnen zu erzählen ...*
Im Autobus in Tel Aviv steigt ein a junge Dame mit ihrer Mutter – die Mutter schon etwas zerbrechlich, ist kurzatmig und steht schwer. Alle Sitzplätze sind von Männern besetzt, die was von der Arbeit heimfahren. Herausfordernd kieckt die junge Frau um sich und sogt laut:
„Siehste, Mame, es gibt keine Kavaliere mehr!"
Da schaut ein Herr von seiner Zeitung auf und sogt mit dumpfer Stimme:
„Kavaliere gibt es genug, liebe Frau – Sitzplätze gibt es zu wenig!"

*Damit ich nicht vergesse, Ihnen zu erzählen ...*
Präsident Truman hat bei seiner Begegnung mit Präsident Chaim Weitzmann diesen nach der Bevölkerungszahl des neuen Staates Israel gefragt. Weitzmann bezifferte die Zahl mit einer Million fünfhunderttausend. Darauf Truman:
„Sie haben es leicht, Exzellenz –, aber ich? Ich bin Präsident von hundertfünfzig Millionen Amerikanern!"
Darauf Weitzmann: „Sie irren, Mister Präsident – ich bin nur einer, aber ich hab eine Million fünfhundertausend Präsidenten!"

*Damit ich nicht vergesse, Ihnen zu erzählen ...*
In einer kleinen Kille in Poilen rennt a Jid die Straße herunter. Stellt sich sein Chawer in den Weg und sogt:
„Herschele, wos rennste?"
„Ich renn, weil ich pack ein mei Wab, mei Kind, ich will verlassen unsere Kille!"
„Wos is?" wundert sich der andere, „warum willst de verlassen die scheene Kille?"
„A Zirkus kommt."
„Wenn a Zirkus kommt, is a Grund zu verlassn, die Kille?"
„Heer mich aus, ich wer dir erklärn – as kommt ein Zirkus, bringt er mit ein Zelt, Seiltänzer, Akrobaten, Clownen, Ferdn und a Haufen wilde Tiere. Unter die wilden Tiere wird auch sein a brauner Bär – und jetzt is meglich, daß der braune Bär wird ausbrechn aus seinem Käfig und er wird streifen durch die Straßn – und wie das Unglieck nicht schläft, wird gerade ieber die Straße, ieber die der braune Bär geht, a christliches Kind laufn – und der Bär, der wilde braune Bär wird sich stierzen auf das christliche Kind und wird es erschlagn!
Und dann geh du als Jud hin und sog, du bist nich gewenen der braune Bär!"

*Damit ich nicht vergesse, Ihnen zu erzählen ...*

Mendel is gewenen bei der Musterung, er is extra von seiner kleinen Stadt gekommen in die groiße Stadt.

Aber er hat nich keine Lust, ein Balmilchome zu sein. Und asoi sogt er zum Regimentsarzt, daß er seht sehr schlecht! Daß er is auf einem Oig fast blind und am andern er hat etwas zwelf Dioptrien.

Der Regimentsarzt glaubt ihm und schreibt ihn wehrdienstuntauglich.

Bis zur Abfahrt seines Autobusses hat Mendel aber noch drei Stunden Zeit, und so beschließt er, in ein Kinematografen-Theater herein zu gehen. Der Saal is schon verdunkelt, der Film hat schon begonnen. Mendel drängt sich durch eine Reihe zum einzigen freien Sitzplatz und setzt sich gemietlich nieder. – Wie er nach rechts schaut, sitzt – Sie werdn es nich erraten – ausgerechnet der Regimentsarzt neben ihm. Darauf sogt Mendel schlagfertig – zum Regimentsarzt gewandt:

„Verzeihn Se, gnädige Frau, bin ich hier richtig im Autobus nach Ržežow?“

*Damit ich nicht vergesse, Ihnen zu erzählen ...*
Das kleine Kind eines Gastes in Israel fragt seinen Vater: „Tate, was is a Sabre?"
„Ein Sabre, mei Kind, is ein im Land Geborener."
Darauf das Kind: „Dann is ja Jesus Christus auch a Sabre!"
„No – naa", lächelt der Vater, „bei dem Kopf!"

*Damit ich nicht vergesse, Ihnen zu erzählen ...*
Der Katechet übernimmt für den erkrankten Naturgeschichtsprofessor die Stunde:
„Also", beginnt der geistliche Herr, „zuerst eine Frage. Was ist das: Es springt von Ast zu Ast, hat listige Äuglein, knabbert Eicheln und hat einen buschigen Schwanz?"
Er wendet sich an den in der ersten Reihe sitzenden Moritz und sagt:
„Nun, mein Kind, weißt du das?"
Moritzl schaut ihm treu in die Augen und antwortet lachend: „Wenn mich wer anderer gefragt hätte, hätt ich gesogt, es is a Eichkätzchen! Wenn Sie mich aber fragen, Herr Katechet, is es doch bestimmt das liebe kleine Jesuskind!"

*Damit ich nicht vergesse, Ihnen zu erzählen ...*

Ein christlicher Bürger kommt zum Verwalter des jüdischen Friedhofs:

„Hören Sie mich an, guter Mann. Ich habe sehr viele jüdische Freunde, ich kann sogar sagen, meine besten Freunde sind Juden, und wenn ich schon als Christ im Leben nicht mit ihnen vereint sein kann, so will ich es im Tode sein. Es ist mein Herzenswunsch, auf dem jüdischen Friedhof begraben zu werden. Was kostet ein Grab bei Ihnen?"

Darauf der Friedhofsverwalter nach einigem Nachdenken: „Eine Grabstätte für Sie kostet 50 000,- Schilling."

„Fünfzigtausend Schilling ist viel Geld! Was kostet das Grab für einen Juden?"

„Für einen Jidden kostet ein Grab fünftausend Schilling!"

„Warum also ist das Grab für mich so teuer?"

„Das will ich Ihnen gern erklärn! Sie kaufen bei mir für 50 000,- Schilling a Grab und legen sich herein und warten ein paar Jahre, und dann wird sein der Tag des jingsten Gerichtes, und alle rechtgleibigen Jidden werden auffahren in den Himmel und asoi habn Sie für 50 000,- Schilling den ganzen Friedhof für sich allein!"

*Damit ich nicht vergesse, Ihnen zu erzählen ...*
Jüdische Emigranten haben in England Asyl gefunden. Eine kleine Gruppe hat man in einem Nonnenkloster untergebracht, das von einer Kommission des jüdischen Hilfsvereins inspiziert wird.
Der Leiter der Kommission hat nachher ein Gespräche mit der Schwester Oberin:
„Nun, ehrwürdige Mutter, wie sind Sie mit meinen Glaubensgenossen zufrieden?"
„Äußerst", antwortet die fromme Frau, „nur, bitte, wollen Sie Ihren Leuten folgendes sagen: es geht nicht an, daß sie sich immer am Ewigen Licht ihre Zigaretten anzünden, es ist untragbar, daß sie sich im Weihbrunnkessel die Hände waschen, und bringen Sie bitte Ihren Leuten bei, mein offizieller Name ist Mother Superior und nicht Mame Schapira!"

*Damit ich nicht vergesse, Ihnen zu erzählen ...*
Ida ist zu Besuch bei ihrer alten Freundin Helene. Nach längerem Geplauder öffnet Helene die Zimmertür und ruft in Richtung des Zimmers ihrer Tochter:
„Sali, megst du die Omlette mit Konfitüre oder mit Käse?"
Keine Antwort.
„Sali, die Mame fragt dich, megst du die Omlette mit Konfitüre oder mit Käse?"
Als zum dritten Mal keine Antwort kommt, sagt Ida:
„Frag nich zu viel, gib ihr die Omlette mit Käse!"
Darauf Helene entrüstet: „Red keinen Unsinn, mei Sali eßt Omletten nur mit Konfitiere!"

*Damit ich nicht vergesse, Ihnen zu erzählen ...*
Zum Rebben kommt a klein Mändele und sogt: „Rebbe, der alte Wunder ist achtundsiebzig Jahr, seit zwei Jahren is er verheiratet mit einer 30jährigen. Jetzt hat sie bekommen ein Kind. Is es meglich, daß der alte Wunder noch ein Kind gezeugt hat?"
Darauf antwortet ihm der Rebbe mit einem weisen Lächeln:
„Is es vom Wunder – is es a Wunder!
Is es nicht vom Wunder – is es a Wunder?"

*Damit ich nicht vergesse, Ihnen zu erzählen ...*
Ein Reisender kommt in a kleine Kille. Er geht zum Rebben und sogt ihm:
„Rebbe, heer mich aus! Ich hab hier in der Tasche 30 000,- Zloty, wohn in an miesen Hotel, iach hab Angst, ma wird ma in der Nacht das Geld ganvenen. Kann ich bei Eich lassn meine 30 000,- Zloty im Tresor?"
„Selbstverständlich" sogt der Rebbe, „ich schließ das Geld hier ein, und damit du sicher bist, werd ich finf Zeigen heraufrufen!"
Der Rebbe ruft finf Männer von der Straße und sogt:
„Meine Herren, Sie sehn, der Herr Reisende übergibt mir 30 000 Zloty. Ich schließe sie ein in dem Tresor, Sie alle sind Zeigen!"
Die Zeigen nicken mit dem Kopf und verlassen das Zimmer. Der Reisende bedankt sich, geht ins Hotel und legt sach im Bett herein.
Am nächsten Tag besucht er wieder den Rebben und sogt:
„Rebe, ich hab sehr gut geschlafen, ich bin Eich sehr dankbar, kann ich jetzt zurieck haben meine 30 000,- Zloty."
Mit groißen Oigen kieckt ihm der Rebbe an und sogt:
„Was für 30 000,-Zloty?"
Erschrocken füstert der Reisende: „Rebbe, ich hab Eich gestern vor Zeugen 30 000,- Zloty gegeben, und Ihr habt sie in den Tresor eingesperrt!"

Da ruft der Rebbe wieder die Zeigen herauf und sogt ernst zu ihnen:
„Meine Herren, dieser Herr Reisende behauptet, er hat mir gestern 30 000,- Zloty gegeben und ich hätt sie in diesen Tresor gesperrt. Wissen Sie was davon?“
Verneinend schitteln alle finf dem Kopf und verlassen das Zimmer.
Kaum sennen sie draußen, geht der Rebbe zur Kasse, macht sie auf, nimmt das Geld heraus und übergibt es dem Reisenden. Mit Tränen in die Oign stammelt dieser:
„Danke, Rebbeleben! Tausend Dank! Nur, warum habt Ihr gemacht a solches Theater?“
Da schmunzelt der Rebbe und sogt:
„Ich hab Eich nur zeign wolln, ich welcher Gemeinde ich Rebbe sein muß!“

*Damit ich nicht vergesse, Ihnen zu erzählen ...*
Zum Rebben kimmt herein ein Mensch und fragt ihm: „Rebbe – ich weiß, ma darf am Schabbes nich arbeiten, ma darf nich rauchen, aber – Rebbe, sog ehrlich – darf ma schlafen mit einer Frau?"
Der Rebbe klärt, wiegt dem Kopp hin, wiegt dem Kopp her – und dann – dann hebt er dem Zeiger und sogt:
„Ja! Ma darf schlafen am Schabbes mit einem Weib. Aber nur mit der eigenen Frau! Weil – Vergniegen darf es keines sein!"

*Damit ich nicht vergesse, Ihnen zu erzählen ...*
Die Vorsteherin eines amerikanischen Mädchencolleges ruft in der Kaserne an. Sie hätten ein Fest und zu wenig Tänzer für die Mädchen.
„Aber", so sagt die Vorsteherin am Telefon, „bitte keine Juden senden! Wir sind streng christlich, bitte keine Juden!"
Am Festabend um zehn Uhr öffnet sich die Tür zum Ballsaal und es kommen zwanzig riesige Negerkadetten herein. Die großen schwarzen Männer schnappen sich die Mädchen und fangen an zu tanzen.
Die Vorsteherin stürzt auf einen Neger zu und schreit:
„Das ist ja fürchterlich! Wieso schickt man uns Neger!?"
Darauf antwortet jener: „Ich weiß nicht, Madam. Aber unser Major Rosenstock wird schon seine Gründe haben!"

*Damit ich nicht vergesse, Ihnen zu erzählen ...*

Während des ersten Weltkrieges besucht eine preußische Prinzessin ein Lazarett und erkundigt sich bei den Kranken nach ihren Verwundungen und ihren eventuellen Wünschen.

Einer antwortete auf ihre Frage, was ihm fehle:

„Ich habe Hämorrhoiden."

„Und wie werden Sie behandelt?"

„Ich werde gepinselt! Das hilft und ich bin sehr zufrieden!"

„Keine Wünsche?"

„Keine!"

Sie befragt einen zweiten.

Er sagt: „Ich habe ein Furunkel am Bein!"

„Wie werden Sie behandelt?"

„Die Wunde wird gepinselt!"

„Haben Sie irgendwelche Wünsche?"

„Keine, es geht mir gut!"

Der dritte, der gefragt wird, sagt:

„Ich habe eine schwärende Brustwunde!"

„Was wird gemacht?"

„Es wird gepinselt!"

„Und es geht Ihnen gut?"

„Danke! Ich bin zufrieden!"

Zum Schluß tritt sie an das Bett von Arnold Rosenblatt und fragt:

„Und Ihnen, guter Mann, was fehlt Ihnen?"

Er antwortet:

„Ich darf mer bedanken für die Nachfrage, ich habe etwas eine sogenannte eiterige Mandlverzindung!"

„Und was tut man dagegen?"

„Man pinselt mich!"

„Haben Sie einen Wunsch?"

„Ja! Einmal mecht ich als erster gepinselt werden!"

*Damit ich nicht vergesse, Ihnen zu erzählen ...*
Der kleine Moritzl fragt seine Lehrerin in der Schule:
„Frau Lehrerin“, sogt er, „kennen Se mir sagen, wie weit is entfernt der Mars von dem Jupiter?“
„Leider, mein Junge, weiß ich das nicht auswendig, aber ich werde zu Hause nachschauen!“
Am nächsten Tag sagt sie ihm:
„Ich habe die genaue Entfernungszahl in meinem Lexikon nicht gefunden, aber ich bin gestern Nachmittag in die Nationalbibliothek gegangen, habe mir die entsprechende Fachliteratur geben lassen und habe herausgefunden, daß der Jupiter vom Mars 670 Millionen km entfernt ist! Nun, was sagst du dazu?“
„Ich hätt mir's weiter vorgestellt!"

*Damit ich nicht vergesse, Ihnen zu erzählen ...*
Emma is auf Besuch bei ihrer Freindin Olga. Ma trinkt Kaffee, und Emma sogt:
„Olga, wieso hast de nich keine Zuckerzange?“
„Wieso soll ich habn eine Zuckerzange?“
„Nu, du weißt, die Männer, sie gehn auf – das – na, das Klo, sie waschen sich vielleicht nich gründlich die Hände und so! – Du verstehst?“
Olga verspricht: „As de das nexte Mal wirst zu mir kommen, ich werd haben eine Zuckerzange!“
A Zeitlang später, Emma is wieder auf Besuch bei ihrer Freindin Olga. Ma trinkt Kaffee.
„Olga, du hast mir versprochen, du wirst haben eine Zuckerzange, wenn ich wer kommen zu dir zum Kaffee! Wo is die Zuckerzange?“
„No, wo werd se sein! – Wo sonst wie am Klo!“

*Damit ich nicht vergesse, Ihnen zu erzählen ...*

Sitzen zwei Jidden und erzählen sich Bonkes. Der eine beginnt zum dritten Mal:

„Zwei Jidden treffen sich in Tarnopol auf der Gaß. Sogt der Blau zum Grün: ‚Heer mich aus ...'"

Schimpft der andere: „Her mir auf mit dem ewigen: Zwei Jidden und mit Tarnopol. Es fällt dir ein nit Besseres?"

Denkt der andere nach, schmunzelt und sogt:

„Heer mich aus – so soll ich leben, es wird dir gefallen: In Peking auf der Hauptstraße treffen sich zwei Chinesen: Sogt der Tschu en Blau zum Tschu en Grün: ‚Heer mich aus ...!'"

acheln – *essen*
a bissl – *ein bißchen, ein wenig*
a tempo – *sofort, im gleichen Augenblick*
as – *wann, wenn*
asoi – *ebenso*
Asoi – *oiseau (franz. für: Vogel)*
aweg legen – *hinlegen*
aweg setzen – *hinsetzen*
aweg stellen – *hinstellen*
Balmilchome(n) – *Soldat(en), Heer, Bal Milchome*
Barabantschnik – *Halbstarker, Wilder, Ungestümer, Ungehobelter*
bechowet – *gemütlich, breit*
bedierfn – *bedürfen*
benschen – *beten*
benscht – *betet*
beroiges – *böse sein, verärgert*
Bierger – *Bürger*
Bocher – *Schüler*
Bocherim – *Mehrzahl von Bocher*
Bonkes – *Witze*
Bretze – *Breze*
Broche – *Segen*
Brompfen – *Schnaps*
Brot auf Hosen haben – *Geld haben*
chain – *wissen*
Chain – *Wissen, Kenntnis*
chap – *fange*
chappen – *fangen*
Chassid – *Talmudist*
Chassene – *Hochzeit*
Chasn – *Vorsänger, Kasan*
Chawer – *Freund*
Chawerim – *Freunde*
Cheder – *Kinderschule*
de – *du*
deigezen – *sprechen, schwätzen*
denn – *auch: dann, also*
Diwan – *niedriges Liegesofa*

Dütt – *Duett*
effnen – *öffnen*
Eich – *Euch; Ihnen*
Ejzze – *Rat*
Ejzzes – *Ratschläge*
eppes – *etwas*
Erew – *Abend*
es kimmt mir von Ihnen – *ich bekomme von Ihnen*
Ferari – *Ferrari*
fiercht – *fürchte*
Gallach – *Pfarrer*
Ganev – *Gauner, Dieb*
ganvenen – *stehlen*
Gebreiche – *Gebräuche*
genapetzt – *geschlafen*
Geschäftsfiehrer – *Geschäftsführer*
gewenen – *gewesen*
giet, git – *gut*
Gitl – Gitta, Jitka
Goi – *Nichtjude*
Gojim – *Mehrzahl von Goi*
heert mich aus – *hört mich an, hört mir zu*
Hietele – *Hütchen*
iach – *ich*
Jid, Jidden – *Jude, Juden*
Jingele, Jingl – *Jüngling, Bub, Knabe*
Jom Kippur – *Versöhnungsfest; höchster Feiertag*
Juch mit Lokschn – *Nudelsuppe*
Kaftan – *langer Mantel*
Kalesche – *Pferdekutsche*
Kanapée – *Sofa*
Katechet – *Religionslehrer*
Katschke – *Ente*
kemmt – *kommt*
kenn – *auch: kann*
Kettenbriecke – *Kettenbrücke*
kieck, kiek, kik – *blick, schau, guck, kuck*
Kieck, Kiek, Kik – *Blick*
Kille – *Glaubensgemeinde*
kimm – *kommen*
Klabriaspartie – *berühmtes Budapester Kabarett-Stück*

klären – *überlegen, nachdenken*
Klejder – *Kleider*
klieg – *klug*
konfitiere – *Konfitüre*
koscheres – *rituelles, reines*
Krukew – *Krakau*
Loschek – *Pferd*
Lozelachs – *witzige Geschichten*
ma – *man*
Mändele – *Männchen*
Mame – *Mutter*
Maid(e)lach – *Mädchen*
Massl – *Glück*
meschigge, meschugge – *verrückt*
Melach – *König*
mies – *schlecht, ungut*
Milach – *Milch*
Moile – *Beschneider*
Moire – *Angst*
napetzen – *schlummern, einnicken*
Narischkaten – *Narrheiten*
Nüdelach – *Nudeln*
ober – *abermals, wieder*
Oig – *Auge*
Parnosse – *Beschäftigung, Geschäft*
Panunze, Penunze – *Geld; Kohle, Zaster, Moos, Marie*
Pessach – *jüdisches Fest*
Piccolo – *Kellnerlehrling*
Plastron – *abnehmbarer Hemdkragen*
Plaze Vendomme – *Place Vendomme*
Poilen – *Polen*
Poilischer – *Jude aus Polen*
prallen – *furzen*
Pribitschik – *Ofenbank*
Prud – *Fluß in der Ukraine*
Rebb – *höfliche Anrede eines Mannes*
Rebbe – *Rabbi, Rabbiner*
Rebbetzin – *Frau des Rabbiners*
Rebus – *Bilderrätsel*
Roschekol – *Gemeindevorsteher*
sach – *sich*

Schabbes – *Sabbath, Samstag*
Schadchen – *Heiratsvermittler*
Schammes – *Tempeldiener*
schicker – *betrunken, besoffen*
Schickernik – *Säufer*
schickert – *säuft*
Schiffles – *Schimpfen, Geschimpfe*
Schlickerle – *Schlückchen*
Schinakelboot – *kleines Ruderboot*
schmatten lassen – *taufen lassen*
Schmettn – *Obers, Sahne*
Schul – *Synagoge*
schocher – *armselig*
Sedermahlzeit – *Mahlzeit am Vorabend des Pessach-Festes*
sein – *auch: sind*
sennen – *sind*
Serchel – *Geist, Verstand*
sprieht – *sprüht, spritzt weg*
Stellasch(e) – *Stellage, Regal*
Stiebele – *Stübchen*
Stoppgans – *ausgestopfte Gans*
Stramel – *Streimel, Hut*
Strong – *Seil, Strang*
Tach(e)les reden – *offen miteinander reden, jemandem seine Meinung sagen*
Tate – *Vater*
Tier, Tiere – *auch: Türe*
Tierchen – *auch: Türchen*
tiest, tist – *tust*
Tischri – *Monat, in dem die größten jüdischen Feiertage stattfinden (meist: September)*
toit – *tot*
Toite – *Tote*
trefe essen – *unrein essen*
veraißern – *veräußern*
volkstiemliche Oper – *Volksoperngebäude*
Wab – *Weib, Frau*
Wassersbrunst – *Hochwasser*
Zeige – *Zeuge*

■ Herbert Hufnagl »KOPFSTÜCKE« *Realsatiren aus Österreich*

Er hat den vollkommenen Blick für jene Stellen im Universum, an denen die Hunde begraben liegen, und zwingt die häufig ungewaschene österreichische Seele immer wieder zu Augenblicken der Hygiene. *André Heller*

Hufnagls Realsatiren vereinen seit langem das Politische mit dem Literarischen zu Unterhaltung der feinsten Art.
*Der Standard / Günter Traxler*

Ein hervorragender Vertreter der Spezies lächelnder ironischer Beobachter und Notierer. *Werner Schneyder*

Mit seinen messerscharfen Kolumnen, die jetzt in Buchform gesammelt sind, nimmt sich Herbert Hufnagl am liebsten der kosmischen Selbstüberschätzung seiner Landsleute an – er dampft sie wieder auf ihre reale Grösse ein. *Neue Zürcher Zeitung / Paul Jandl*

Herbert Hufnagl glaubt an Österreich, er liebt das platonische Urbild dieses Landes, er hofft, dass die österreichische Wirklichkeit korrigierbar sei. Was sie Tag für Tag an Fehlleistungen und Mangelwaren produziert, kann er nicht unwidersprochen lassen. Ihn stört, ihn empört alles, was hierzulande dumm, arrogant, ordinär oder amtsorganisch gewachsen – und demgemäß lächerlich, peinlich oder widerlich ist. *Literatur und Kritik / David Axmann*

255 Seiten, Ganzleinen mit Schutzumschlag,
ISBN 3-85450-163-3, € 18,90 / CHF 33,70

■ Peter Karner »LACHEN MIT LUTHER« *Traurigkeit ist des Teufels Instrument*

... in einem schön gemachten Büchlein geradezu ideal ein Geschenk wert. *Bücherschau / Mario Reintaler*

... ein Schatzkästlein, das man immer wieder aus dem Regal zieht um darin zu schmökern.
*Evangelisches Sonntagsblatt aus Bayern / Karin Ilgenfritz*

132 Seiten, Ganzleinen mit Schutzumschlag
ISBN 3-85450-176-5, € 18,40 / CHF 32,80

■ Peter Preses; Ulrich Becher »DER BOCKERER« (in Vorbereitung)

Die imponierende Haltung eines schwejkischen Antifaschisten zeigt Hirn, Übermut, Humor sowie Courage und geizt nicht mit Wort- und Sprachwitz. Materialien, darunter auch einige Entwürfe, Briefe und Abbildungen, ergänzen den bekannten Theater-Text.

ca. 180 Seiten, Ganzleinen mit Schutzumschlag, s/w-Abb.
ISBN 3-85450-046-7, € 22,50 / CHF 39,60